www.tredition.de

Krimi für Jugendliche und Erwachsene

AF178622

Angelika Hensgen, in Krefeld geboren und dort aufge-
wachsen, lebt und arbeitet seit 1986 in Köln. Hier studierte
sie Literatur und Sprachwissenschaft. Die Autorin schätzt
alle literarischen Gattungen als Möglichkeit für ihre Wort-
kunst und veröffentlichte Kriminalromane, Erfahrungsbe-
richte und Lyrik.

Angelika Hensgen

UNDERGROUND

www.tredition.de

Erste Auflage 2000
© Hermann Josef-Emons Verlag
Alle Rechte vorbehalten
Umschlaggestaltung: Atelier Schaller, Köln
Umschlagzeichnung: Heribert Stragholz
Druck und Bindung : Clausen & Bosse GmbH, Leck
Printed in Germany 2000
ISBN 3-89705-199-0

Zweite Auflage 2019
© Angelika Hensgen
Umschlagzeichnung: Ronja Hensgen
Verlag und Druck: tredition GmbH, Halenreie 40-44, 22359
Hamburg

ISBN
Paperback: 978-3-7482-6894-9
Hardcover: 978-3-7482-6895-6
e-Book: 978-3-7482-6896-3

Zur Erinnerung an Jürgen,
den besten aller Brüder

Prolog

Natürlich wird einem im Krankenhaus geholfen. Aber dafür liegt immer ein Grund vor. Indra starrte auf das Schild, das in den Gang hineinragte: INTENSIV. Menschen in weißen Kitteln rannten geschäftig hin und her. So als wüssten sie, was zu tun war. Indra sah Jan an, dann drückte sie zaghaft auf die Klingel neben der Glastür. Kurz darauf näherte sich jemand. Eine Krankenschwester öffnete die Tür.

„Ja, bitte?"

„Wir möchten zu Snuffy."

„Snuffy?" Die Schwester runzelte die Stirn. „Einen Patienten mit diesem Namen haben wir hier nicht."

Indra wollte sich umdrehen. In ihrem Kopf wirbelte es. Die Auskunft der Feuerwehr lautete doch so. St. Marien-Hospital. Intensivstation.

Jan hinderte sie daran, einfach wegzulaufen. Er hielt sie am Arm fest. „Der Junge, der im Rhein abgesoffen ist", erklärte er der Schwester.

Man sah förmlich, wie ihr ein Licht aufging. Die blauen Augen schienen plötzlich eine Spur heller. „Ach, ihr meint den Nils."

Indra und Jan sahen sich an. Dass Snuffy so einen stinknormalen Namen hatte.

„Seid ihr mit ihm verwandt?"

Indra schüttelte den Kopf. „Er ist unser Freund."

Die Schwester sah sie zweifelnd an. „Da weiß ich nicht, ob ich euch zu ihm lassen kann. Er ist auch gar nicht ansprechbar."

„Bitte!" Indra schien nichts schrecklicher, als gehen zu müssen, ohne Snuffy gesehen zu haben. Plötzlich sah sie ihn wieder rennen. Einfach in Panik wegrennen. In den ziegelroten Gang hinein. Das ausgeleuchtete Stück bis zu den Hochwasserschiebern. Weiter gingen die Führungen nicht. Sie waren schon wieder auf dem Rückweg gewesen. Wollten die Treppen hinauf zum Theodor-Heuss-Ring, als Rüdiger und Kermit aufgetaucht waren. Snuffy hatte Indra noch einmal angeschaut, die grünbraunen Augen schwarz vor Entsetzen. Dann hatte er sich umgedreht und war in den Regenauslasskanal hineingerannt. In den Kanal, der einem in den Wintermonaten die Scheiße vor die Füße spült, wenn man auf der Stufe im Kronleuchtersaal steht. Aber jetzt war er trocken. Und Indra hörte Snuffys Schritte hallen und Herrn Claasen brüllen.

„Wo willst du hin, komm zurück!"

Dann rannte sie los. An den Schiebern blieb sie stehen, das Herz klopfte ihr bis zum Hals, der Gang vor ihr war schwarz vor Dunkelheit. Da erfasste sie ein Lichtkegel. Der Mann, der die Gasmessungen vorgenommen hatte, holte sie ein.

„Halt!", befahl er. Zur Bekräftigung riss er ihr fast das T-Shirt vom Leib.

Aber Indra ließ sich nicht aufhalten. Sie lief weiter, und der Mann wohl oder übel hinter ihr her. Sie rannte, bis Tageslicht den tanzenden Lichtkegel des Handscheinwerfers schluckte. In dem hellen Rund, das plötzlich vor ihr auftauchte, erkannte sie den Schattenriss eines Menschen.

„Snuuuuuufffffy!" schrie sie.

Aber da war der Umriss schon verschwunden. Entsetzt lief sie die letzten Meter bis zu der Öffnung, die gleich auf den Rhein führte. Das Sonnenlicht machte Indra für einen kurzen Moment blind, und sie wischte sich verzweifelt über die Augen, bis sie Snuffy endlich entdeckte. Ein Stück stromabwärts hielt er mühsam den Kopf über Wasser. Wie im Spiel schlugen die glitzernden Wellen des großen Flusses immer wieder über ihm zusammen.

1

Indra griff sich in die Rasterlocken und zog, bis sie vor Schmerz aufschrie. Erstaunt sah sie in den Spiegel. Das war sie. Sie selbst, die sie da mit verzerrtem Gesicht anstarrte. Sie konnte sich kaum noch erkennen. Sie fuhr sich mit dem Unterarm über Nasenrücken und Wangen, um die Tränen fortzuwischen. Jetzt waren auch noch Wimperntusche und Eyeliner verwischt, die sie vor einer halben Stunde mit geduldiger Sorgfalt aufgetragen hatte. Vor einer halben Stunde, da war alles noch in Ordnung gewesen. Jetzt gab es nichts mehr. Keinen Oli, keine Reggaeparty, nichts.

Wie betäubt war sie nach dem Telefonanruf in ihr Zimmer gestakst.

„Ich geh' da mit Susa hin. Du bist nicht böse, oder?" Böse? Das war ja voll die Verarsche. Ein Eisfilm hatte sich auf ihre Haut gelegt. So, als wäre sie ganz kurz in einem Tiefkühlschrank eingesperrt gewesen. Drei Monate hatte sie mit Oli jede freie Minute verbracht. Partys, Freunde, sogar Spaziergänge, was sie jahrelang als Eltern-Spießer-Ätz-Angelegenheit betrachtet hatte. Mit Oli hatte ihr der Park wieder Spaß gemacht. Die gemeinsame Leidenschaft für Bob Marley. Wegen ihm und vor allem für Oli hatte sie ihr glattes Haar aufgerollt und verfilzen lassen, gegen den Willen der Eltern. War das der Schluss? „Ich geh' da mit Susa hin." Susas blondiertes Haar war kurzgeschnitten, und kleine Metallklammern hielten den Pony aus dem hübschen Gesicht. Nicht einmal ein Abschiedstreffen. Nur so ein billiger Telefonanruf. Indra schmiss sich aufs Bett und vergrub den Kopf in den Armen. Angenehm dunkel war es so. Dunkel, so wollte sie es vorläufig haben.

„Indra!" Svens Stimme drang in ihre Gehörgänge, obwohl sie die Oberarme fest an die Ohrmuscheln gepresst hielt. Sven und Indra. Ihre Eltern waren einfach lächerlich. Wenn schon exotische Vornamen für Geschwister, dann doch wenigstens aus dem gleichen Kulturkreis. Sven Küsters, das ging ja noch, aber Indra Küsters. Ihr Name war einfach peinlich, genau wie ihre mausbraunen Rasterlocken, ihre blöden grauen Augen...

„Mensch Indra, was ist?"

Widerwillig wälzte sie sich auf den Rücken. Sie hatte Mühe die Augenlider auseinanderzubekommen und das Gesicht ihres Bruders anzupeilen, der sie ungläubig musterte.

„Wie siehst du denn aus?"

Indra setzte sich auf. „Na wie schon? Hässlich natürlich, hässlich, hässlich, hässlich."

Sven verdrehte die Augen. Nicht schon wieder. Diese Anfälle hatte sie schon mal gehabt. In der Zeit bevor sie sich mit Oli traf. Danach nicht mehr.

„Wieso bist du nicht zur Party?"

„Wieso bist du nicht zur Party?", äffte sie ihn mit hoher Stimme nach, „weil Oli eine Prinzessin gefunden hat", fuhr sie in dem gleichen idiotischen Tonfall fort.

„Mensch sei doch nicht so doof." Sven sehnte sich nach den alten Zeiten zurück, als er noch vernünftig mit Indra reden konnte. Egal, was ihn bedrückte, sie hatte ihn immer aufgemuntert. Aber dann hatte sie diesen Wahn bekommen. Sie wäre hässlich. So ein Quatsch. Es gab nichts an ihr auszusetzen.

„Ist doch wahr", Indra hatte den Fiepston immer noch nicht abgelegt, „die schöne Susa ist seine Begleiterin."

„Aber wieso? Ich dachte du gehst mit Oli?"

„Wieso?" schrie Indra. „Guck' mich doch an, dann weißt du's!" Damit drehte sie sich wieder auf den Bauch und zog das Kissen über den Kopf.

Seufzend verließ Sven das Zimmer. Die fünf Mark, die er sich von Indra hatte pumpen wollen, konnte er wohl abschreiben. Wenn seine Schwester doch nur endlich wieder normal würde.

***

Das Gemurmel und Getuschel erstarb für einen kurzen Moment, als Indra das Klassenzimmer betrat. Sie war extra knapp gekommen, so dass sie kaum mit jemandem reden musste, bevor der Lehrer das Kommando übernehmen würde. Den Blick starr auf ihre Bank gerichtet, beachtete sie keinen der Mitschüler und war froh, als das Gesumme wieder anhob. Auch wenn garantiert über sie gelästert wurde, Hauptsache sie saß erst mal auf ihrem Stuhl.

„Mann, du hast aber Mut." Nadine, ihre Banknachbarin aus Not, starrte sie unverhohlen an. „Du wolltest doch nie kurze Haare."

Indra schluckte jede Bemerkung hinunter. Nadine hatte Recht, sie war immer gegen kurze Haare gewesen Aber da hatte sie auch noch nicht gewusst, dass sie ihre alte Haut mal ganz abstreifen würde. Und das wollte sie nicht gerade Nadine auf die Nase binden.

Ja, wenn Esther noch in ihrer Klasse wäre. Esther ihre beste Freundin, vom Kindergarten an. Dann wäre sie vielleicht nicht mal auf Oli reingefallen. Sie legte die Hände vor die Stirn wie ein kleines Dach und schielte nach vorne links. Da lehnte der Typ an seiner Bank, die braunen Rasters zu einem Zopf zusammengefasst. Sah aus, als würde er zu ihr herüberschauen. Nein. Wohl nicht. Indra legte die Hände vor die Augen und sah das Porzellanbecken vor sich, in dem sich ihre verfilzten Haare häuften. Locke um Locke, wie in Zeitlupe. Früher wollte sie ihre Haare immer nur wachsen lassen, es war ihr unvorstellbar gewesen, sie abzuschneiden, und jetzt? Diese Frisur musste weg, irgendwie verband sie Indra mit Oli, und wenn sie daran dachte, hätte sie am liebsten noch oben auf die Haare drauf gekotzt.

Plötzlich zupfte sie jemand an den Haarspitzen. Sie riss die Augen auf. Oli. Das durfte ja wohl nicht war sein.

„Sieht cool aus. Aber mit Bob Marley war's dir wohl nicht so ernst."

Indra schluckte schwer an den Tränen, die unbedingt nach oben wollten. „Und dir war's wohl nicht so ernst mit mir", brachte sie mühsam heraus.

Oli tat erstaunt. „Wieso ernst? War doch immer lustig, oder? Und ein Paar waren wir ja noch nicht." Er schaute treuselig aus seinen grünbraun gesprenkelten Augen. „Weißt du, du bist irgendwie noch Baby. Die Susa ist ganz anders gepolt."

„Wie meinst du das?" Indra erkannte ihre eigene Stimme nicht.

„Kommst du schon selber drauf." Oli schien sich darüber nicht auslassen zu wollen.

„Und wieso so plötzlich?", mehr würde sie nicht mehr sagen können. Krächzen, das war Krächzen.

„Tut mir leid, das lag wirklich an Susa. Ehrlich, ging tierisch schnell."

Die Tür klappte, und der Englischlehrer trat ein. Oli verschwand auf seinen Platz.

***

Indra stand vor dem Schulgebäude. Die Sonne fiel schräg gegen die Glasscheiben des Eingangsbereiches. Wehmütig dachte sie an ihren Anfang im Gymnasium vor vier Jahren. Die Kleinen, die da rausdrängelten, genauso waren sie und Esther herumgehüpft. Seit Esther umgezogen war, hatte sie keine Freundin mehr. Und wenn sie es genau überlegte, ihre Mutter auch nicht. Frau Biesen war die Einzige mit der sich Mama regelmäßig getroffen hatte. Wütend spuckte Indra in die Büsche. Weil Papa ihrer Mutter alle Freunde madig gemacht hatte. Immer hatte er über jeden Besuch hergezogen, bis sie schließlich niemanden mehr eingeladen hatte. Außer Esthers Mutter, die sich nicht abwimmeln ließ.

„Hey, Indra, wartest du auf jemanden?"

Indra schrak zusammen. Sie hatte Jan gar nicht kommen sehen. „Mm", sie schüttelte den Kopf, „habe nur nachgedacht."

„Deine Haare sind echt heftig."

Indra zuckte mit den Achseln. Was ging Jan das an.

„Ich meine nicht, dass ich das übel finde", er wurde etwas rot, „ eher ...äh...ungewöhnlich", brachte er den Satz schließlich zu Ende.

Indra schloss die Augen und hielt das Gesicht in die Sonne. „Ungewöhnlich find' ich gut", meinte sie.

Jan studierte Indras Gesicht. Entweder war sie heute extrem blass oder sie hatte besonders helles Make up aufgelegt. Die kurz geschnittenen Haare und die weiten Hosen taten das Übrige, um sie wie einen schmalgebauten Jungen aussehen zu lassen. Na ja, wenn man den Busen mal ausnahm. Jan seufzte leicht. Er hatte Indra immer gemocht. Als sie klein waren, hatten sie viel zusammen gespielt. Das war leider vorbei, und verknallt hatte Indra sich in andere, in Oli zum Beispiel. Deshalb hatte Jan ihr gegenüber nie erwähnt, dass er sich für sie mehr interessierte als für jedes andere Mädchen.

„Gehst du gleich nach Hause?"

Indra schüttelte wieder den Kopf, ohne die Augen zu öffnen. „Hab' noch was vor."

„Na dann, bis morgen", schloss Jan schlapp. Indra antwortete nicht, und Jan tat, als gäbe es nichts Wichtigeres, als Marco einzuholen, obwohl der ihm im Moment völlig schnuppe war.

2

Snuffy lungerte schon einige Zeit vor dem Eingang des Gymnasiums herum. Blöder Einfall von Zeck. ‚Wenn du keine Kohle hast, such' dir 'nen Kumpel oder ' ne Braut, die dich einladen. Mir bist du jedenfalls noch was schuldig." Wahrscheinlich hatte Zeck gerade selbst was eingeworfen, und das Ganze sollte ein Witz sein. Nervös drehte Snuffy das Tütchen in seiner Jackentasche um und um. Ein Pillchen noch, am liebsten würde er es sofort nehmen, dann wär er auf jeden Fall wieder besser drauf. Er wollte schon gehen, als ihm das blasse, zottelige Mädchen auffiel. Alleine, nicht in einer Traube von zwei, drei und mehr Schülern wie die meisten anderen. Die wollte allein sein, das merkte man deutlich. Die Frisur hatte bestimmte kein Fachmann kreiert, aber ihre Klamotten stammten nicht von armen Eltern. Hey, Snuffy, altes Wiesel, dein Instinkt funktioniert noch. Sie stand einfach so rum und beguckte sich von innen. Bis dieser Milchbubi aufgetaucht war. Snuffi quetschte das Tütchen, bis Daumen und Zeigefinger schmerzten. Was wollte der bloß von so einer Freakin? Aha, sie ließ ihn abblitzen. War vorauszusehen. Snuffy atmete einmal tief durch. Langsam überquerte er die schmale Straße. Strubbelkopf hängte das Gesicht immer noch in die Sonne.

Hallo."

Indra öffnete die Augen. Vor ihr stand der unbekannte Junge, den sie schon auf der anderen Straßenseite bemerkt hatte.

„Kennst du Sandra aus der 10?"

„Nee. Ich kenn' nicht alle mit Namen. Ich bin in der 9."

Snuffy tat zerknirscht. „Komisch. Die hat gesagt, nach der sechsten Stunde am Ausgang." Suchend ließ er die Augen über den kleinen Vorplatz schweifen.

Indra betrachtete ihn eingehend. Seine braunen Haare waren zwar kurz geschnitten, aber eine Ähnlichkeit mit Oli ließ sich nicht leugnen. Groß und schlank, na ja, beinahe mager, grüne Augen mit braunen Sprenkeln, genau umgedreht wie bei Oli. Blass. Eine Welle des Mitgefühls überschwemmte Indra. Sie hatte sich heute Morgen eingehend im Spiegel angeschaut, blass war sie auch, und zwar, weil sie sich ganz beschissen fühlte.

„Welcher Ausgang?", meinte sie hilfsbereit, „hintenrum ist auch noch einer, der zum Lehrerparkplatz führt."

„Was, noch ein Ausgang?", Snuffy war hingerissen von seiner schauspielerischen Leistung. Er konnte die Bestürzung in seiner eigenen Stimme hören.

„Ich kann dich ja hinbringen." Indra schulterte ihren Rucksack und lief los.

„Ist doch nicht nötig", der schnelle Erfolg überraschte ihn.

„Hab' sowieso nichts Besonderes vor." Indra lief die schmale Straße runter und bog links ab. Snuffy folgte ihr begeistert. Das fluppte ja, als hätte er seinen Muntermacher schon intus.

Nach etwa fünfzig Metern an einigen Parkbuchten vorbei blieb das Mädchen stehen. Sie breitete die Arme aus „Also hier ist der andere Ausgang oder Eingang", sie überlegte kurz, „also Hinterausgang oder Hintereingang oder Seitenausgang oder Seiteneingang -" Sie brach ab und lachte. „Tut mir leid, ich weiß nicht, ob das der richtige Ausgang ist."

Snuffy lachte ebenfalls. Die war ja sogar witzig. „Ich würde sagen, das ist egal. Wir haben Viertel vor zwei, da müsste die Tusse längst aufgetaucht sein."

„Tusse?" Indras graue Augen verdunkelten sich. „Ist sie deine Freundin? Dann solltest du nicht so über sie reden."

Hui, ein Sensibelchen. Snuffy nahm sich vor, die nächsten Worte auf die Goldwaage zu legen.

„Nicht meine Freundin. Ich sollte ihr nur den Fahrradschlüssel bringen, den sie bei meiner Schwester vergessen hat." Wahnsinn. Schwesterchen. Fahrradfahren. Da sah man doch direkt eine Werbung für Pfefferminzkaugummis vor sich. „Wie heißt du eigentlich?", nutzte er die Gelegenheit.

Indra antwortete nicht sofort. Sie starrte auf ihre Turnschuhe, als würde dort jeden Moment ihr Namen erscheinen.

„Indra. Indra Küsters. Ist das nicht dämlich?"

Die großen, grauen Augen, die sich fragend auf ihn richteten, brachten Snuffy beinahe aus dem Gleichgewicht.

„Indra? Indra ist doch supergeil. Ich heiße Snuffy."

„Snuffy? Kommt mir vor wie ein Hundename."

„Sehr charmant", gab Snuffy zurück, „also ich geh' jetzt, Sandra kommt bestimmt nicht mehr. Wohin musst du denn?"

„Ich?" Indra überlegte krampfhaft. Nach Hause wollte sie heute nicht gleich. Da würde nur wieder Sven warten. Früher war sie stolz darauf gewesen, dass er ihr alles anvertraute, aber in letzter Zeit ödete sie es an, Ersatzmami zu spielen. Sie schüttelte sich.

„Muss noch in einen Schreibwarenladen auf der Zülpicher", fiel ihr ein. Da gab es hippe Karten, und zum Geburtstag wollte sie Esther unbedingt schreiben.

Snuffy tat als überlegte er. „Da am Weyertal runter?"

Indra nickte. "Genau."

„Dann geh' ich mit", Snuffy blinzelte Indra zu, „oder hast du was dagegen?"

Indra schüttelte den Kopf. Selbst wenn er fremd war, quer durch die belebten Straßen, da wäre es albern, Schiss zu haben. Außerdem, Oli kannte sie schon, seit er in der Sieben dazu gekommen war, und benommen hatte er sich wie ein Arschloch.

Sie liefen zurück zur Leybergstraße und schlenderten schweigend bis zur Luxemburger.

„Was machst du eigentlich?", fragte Indra schließlich, „gehst du auch noch zur Schule?"

„Nee", Snuffy schüttelte den Kopf und überlegte krampfhaft, welche Geschichte er ihr auftischen sollte. Langsam wurde ihm schlecht, er spürte genau die Schweißperlchen auf dem Hautstück zwischen Oberlippe und Nase. Und die Quatscherei ging ihm allmählich auf den Senkel.

„He, was ist?", Indra war stehen geblieben, „zieh' besser das Sweatshirt aus, ist doch tierisch warm."

„Nee, lass' mal", Snuffy zwang sich zu höchster Konzentration, „mir ist nicht warm."

Indra zuckte die Achseln und drückte die Fußgängerampel.

Snuffy lief einfach weiter, obwohl Rot war. Indra folgte ihm, es war kein Auto in Sicht. Als er aber auch die Bahnampel missachtete, blieb sie unsicher stehen, und wurde im gleichen Moment von zwei Männern zur Seite geschoben.

Die nächsten Sekunden fühlte sich Indra wie im Kino, so, als hätte sie nichts mit dem zu tun, was vor ihren Augen ablief. Sie sah, wie die Männer Snuffy einholten, einer von ihnen hob die Arme über den Kopf und ließ die geschlossenen Fäuste auf Snuffy niedersausen, der wie ein gefällter Baum auf die Schienen stürzte. Der zweite Mann trat ihm noch in den Bauch, dann rannten sie auf die andere Straßenseite. Zeitgleich mit diesem Bild drängte sich das Gehupe und Gebimmel der einfahrenden 18 in Indras Ohren. Wie in Trance bewegte sie sich um das Sicherheitsgitter, zerrte Snuffy an der Jacke hoch und landete mit ihm schweratmend auf dem Mittelstück des Übergangs. Noch einmal schrillten die Warnsignale der KVB und als sie hochschauten, traf sie der wütender-schrockene Blick des Bahnfahrers.

„Arschloch", murmelte Snuffy.

„Mensch, der hat doch Recht", schrie Indra Snuffy an, „was rennst du bei Rot über die Schienen, und dann die Typen, das war doch Absicht!" Sie holte tief Luft. „Kanntest du die?"

Mühsam hatte Snuffy sich auf die Beine gebracht. „Quatsch, woher denn?"

Indra schüttelte den Kopf. „Das sind doch Verbrecher, die müsste man anzeigen."

Aber Snuffy hörte sie nicht. Er war schon weitergegangen und Indra war heilfroh, dass die Ampel auf der anderen Seite sowieso Grün war.

„Wollen wir im 43 was trinken?", rief sie Snuffy nach.

„Hab' kein Geld", knurrte er.

„Ich geb dir was aus." Indra sehnte sich danach ins Cafè zu gehen. Erstens konnte sie nach dem Schock eine Erfrischung brauchen, und zweitens wäre sie nicht allein.

***

Jan traute seinen Augen nicht. Der Typ in den schwarzen Designerklamotten, das konnte doch nicht Indras Verabredung sein. Er hatte sich mit Marco auf der Arnulfstraße verquatscht, als auf der gegenüberliegenden Seite Indra mit diesem Dressman für Leichenhemden vorbeischlurfte. Beide sahen noch um einige Grade blasser aus als Indra an der Schule. Oder lag das an der grellen Sonne, dass ihm die Gesichter so weiß vorkamen? Langsam ging er ihnen nach. Wahrscheinlich war der Kerl ein Vampir und hatte Indra bereits angesaugt. Jan lachte bei dem Gedanken. Aber dann müsste er halb Mensch, halb Vampir sein, sonst wär' er ja längst ein Häuflein Asche. Mann, er musste sich wirklich selbst Witze erzählen, um bei Laune zu bleiben. Wieso zog Indra mit jedem Idioten los, nur nicht mit ihm. Was hatte sie bloß an ihm auszusetzen? Da, jetzt gingen sie sogar ins Café. Wie gerne wäre er an der Stelle von dem Klappergestell. Unentschlossen passierte er das „43". Schließlich ging er wieder zurück und ließ sich an einem der Tische draußen nieder. Er hasste dieses Cafégetue, eine Wiese im Grüngürtel war ihm entschieden lieber, aber er konnte der Gelegenheit nicht widerstehen. Er wollte einfach wissen, was Indra mit dem krassen Typ zu tun hatte. Von Bob Marley zu Armani, Indra schreckte wirklich vor nichts zurück. Zu seiner Überraschung kamen die beiden wieder aus dem Laden raus und schauten sich suchend um. Schnell beugte er sich über seinen Rucksack und zog ein Buch heraus. Als er sich wieder aufrichtete, winkte

Indra ihm zu.

„Hey, Jan!", rief sie sogar.

Der Typ musterte ihn misstrauisch. Aber dann folgte er Indra an einen der Tische, die am weitesten von Jan wegstanden. Jan kam sich voll bescheuert vor. Was sollte der Quatsch? Als die Bedienung kam, schüttelte er den Kopf. „Ach danke, ich hab's mir anders überlegt."

Unzufrieden mit sich selbst warf er das Buch zurück in den Rucksack und machte sich davon, ohne Indra und ihren Begleiter noch eines Blickes zu würdigen.

„Will der was von dir?" Snuffy sah Jan hinterher, der sich eilig in Richtung Zülpicher entfernte.

Indra schüttelte den Kopf und tat gleichgültig. Die Bedienung näherte sich ihrem Tisch.

„Kann ich eine Limo nehmen?" fragte Snuffy.

„Klar, was du willst."

Sie schwiegen, bis sie eine Limo und eine Cola vor sich stehen hatten. Sie hob ihr Glas, verharrte aber in der Bewegung, als sie sah, wie Snuffy sein Getränk runterschüttete.

„Gulp, du hattest aber einen Mordsdurst."

„Wirklich", Snuffy versuchte einen schalkhaften Blick, der aber irgendwie verrutscht aussah, „hab' ich bis gerade selbst nicht gewusst."

Er starrte in sein leeres Glas und zermarterte sich das Hirn, wie es weiter gehen sollte. Das auf den Schienen war eine klare Warnung. Womit hatte er Zeck bloß so sauer gemacht? Der war bisher immer großzügig gewesen. Und wie sollte er Indra abzocken, wenn er sie gerade erst kennen gelernt hatte? Was er sonst in zehn bis vierzehn Tagen anleierte, musste praktisch in ein paar Stunden abgehen. Er seufzte tief.

„Was ist?" Indra sah ihn prüfend an, „hast du dich eben verletzt?"

„Nee, ist schon in Ordnung", Snuffy versuchte es mit einem treuherzigen Blick, „ich habe ganz andere Probleme."

Indra schlüpfte in ihre vertraute Rolle. „Dann sag' doch, vielleicht kann ich dir helfen."

Snuffy winkte ab. „Ganz sicher nicht."

„Bitte." Das ehrliche Interesse, das er in ihren Augen lesen konnte, erinnerte ihn beinahe an sein Gewissen, das er im Laufe der Zeit wie ein verlaustes Polster zum Sperrmüll gestellt hatte. Ab und zu tauchte es aus dem Müllberg auf, aber er konnte es nicht gut brauchen. „Man bekommt ein Herz aus Stein..." Quatsch, das würde ihm nie passieren.

„Huhu", machte Indra und brachte ihn damit wieder zurück in das Café. Um ihn herum lauter muntere Schüler, die gerade die Sommerferien hinter sich hatten. Eine Welt, die Snuffy soweit entfernt schien wie eine andere Galaxie. Er räusperte sich.

„Heute Abend startet ein Röhren-Rave. Jeder bringt seine Freundin mit."

Indra war irritiert, „Röhren-Rave" - , nie gehört. Raves waren die Partys der Technoleute, das wusste sie wohl, aber „Röhren-Rave"?

„Und?" fragte sie nur, sie wollte nicht gleich ganz dumm dastehen.

Snuffy guckte in den Himmel. „Meine Freundin ist gestern abgesprungen."

In Indras Kopf wirbelten die Gedanken. Wenn das nicht Schicksal war. Genau an dem Tag als Oli sie hatte sitzen lassen war auch Snuffy solo geworden. „Dann geh' doch alleine hin."

Snuffy schüttelte den Kopf. „Absolut boring." Er beugte sich zu Indra hinüber. „Ist einfach cooler, wenn man zusammen abtanzt."

„Aber du kennst mich doch gar nicht", Indra sah Snuffy verschmitzt an, „vielleicht bin ich ja überhaupt nicht cool."

„Also, du bist freundlich, witzig und hilfsbereit", Snuffy drehte sein Limoglas; Schleimen lag ihm sonst gar nicht. „Das reicht doch fürs Erste, oder? Außerdem mag ich, wie du aussiehst."

Das Letzte war nicht mal gelogen. Die anderen Eigenschaften kamen ihm eher wie aus dem Wunschkatalog seiner Eltern vor. Aber Indra sprang auf die altmodische Lobeshymne an. Sie wurde etwas rot, sagte aber nichts. Na gut, wenn die ganze Süßholzraspelei nicht wirkte, musste er aufgeben. Er war am Ende. Er fühlte sich total schlapp.

„Ich muss mal kurz wohin."

Indra nickte. Snuffy sah mies aus. Bleich, die Augen in dunkelumränderten Höhlen. War bestimmt der Schock. Sie folgte ihm mit dem Blick, bis er im Inneren des Cafés verschwand. Seine Lobhuddelei hatte ihrem mickrigen Selbstbewusstsein gut getan. Aber glauben konnte sie nicht so richtig, was er da erzählte, hörte sich einfach zu schön an, wie aus einem Ratgeber für Anmache. Ihr Blick wanderte von einem Tisch zum anderen. Überall munteres Geplauder. Sprachen die alle über Ferien oder Leistungspunkte? Sie konnte sich nicht vorstellen, dass da irgendeiner an den Worten seines Gegenübers zweifelte. Und sie, warum unterhielt sie sich mit einem völlig Fremden, dessen Worten sie nicht ganz traute?

Mit Jan hätte sie auch über die Ferien labern können, das wusste sie. Der war lieb und unkompliziert. Auf einmal sah sie den Spielplatz vor sich, auf dem sie immer zusammen herumgetollt waren. Esther und Indra, Jan und Marco. Esthers Umzug war wie der Sturz in ein schwarzes Loch gewesen und sie hatte das Gefühl immer noch zu fallen. Ihr Blick glitt zum Eingang des Cafés, als Snuffy gerade auftauchte.

„Da bin ich wieder", er ließ sich auf seinen Stuhl plumpsen. „Was ist? Hast du dich entschieden?"

Indra zögerte. „Ich weiß noch nicht genau."

„Okay, was soll's. War nur ein Angebot." Snuffy tat gleichgültig. Er würde schon noch jemanden finden. Sollte die ängstliche Indra doch hingehen, wo der Pfeffer wächst. Und vielleicht hatte Zeck sich längst wieder beruhigt.

„Wann ist die Party denn?"

„Heute Nacht. Steigt so um 11."

Indra biss sich auf die Lippen. Was gab es für sie im Moment schon groß? Oli war bei Susa. Blieben für das ganze, lange Wochenende nur noch Sven und ihre Mutter, und die wurde sie langsam satt.

„Würdest du mich anrufen? Damit ich noch mal überlegen kann?"

Snuffy schaute überrascht auf. Eigentlich hatte er das Mädchen schon abgeschrieben. „Wenn du willst."

Indra wühlte einen Edding aus ihrem Rucksack und riss ein Stück Papier aus einem Schulheft. Snuffy winkte ab. „Zettel verleg ich. Komm, schreib mir die Nummer auf den Arm."

Er schob den Ärmel des Sweatshirts etwas hoch und hielt Indra seinen Unterarm unter die Nase. Indra lachte verlegen, notierte aber gehorsam die sechs Ziffern auf Snuffys Haut.

Er stand auf. „Dann vielleicht bis später. Um acht melde ich mich bei dir."

Indra nickte.

„Und danke für die Einladung." Snuffy schob den Stuhl unter den Tisch, dann machte er sich davon.

Indra wunderte sich über soviel Förmlichkeit. Sie sah Snuffy nach, bis er schließlich auf der Zülpicher Richtung Innenstadt entschwand.

3

Jan lehnte am Fenster. Nachdenklich betrachtete er das Haus gegenüber. Er erinnerte sich noch genau, wie Indra dort eingezogen war. Er selbst war fünf gewesen und hatte auf dem Gehweg seine neuen Rollschuhe ausprobiert. Seine Mutter hatte regelmäßig aus dem Erkerfenster geguckt, ob er auch in der Nähe blieb. Da war ein riesiger Möbelwagen vor das gegenüberliegende Haus gefahren. Jan hatte sich auf das Mäuerchen des Vorgartens gesetzt, um zu gucken. Damals war er verrückt nach allen großen Autos gewesen. Direkt hinter dem Möbelwagen hatte ein PKW geparkt, aus dem ein Mann, eine Frau und zwei Kinder kletterten. Er hatte die Leute schon ein paar Mal gesehen. Da waren die wohl nur zu Besuch gewesen. Das Mädchen war ein bisschen kleiner als er. Sie sprang herum, so dass die Haare auf ihren Schultern hoch und runter hüpften. Der Junge war bestimmt viel jünger, seine Mutter ließ ihn nicht von der Hand. Zu Jans Überraschung kam das Mädchen zu ihm rüber. Eine Weile blieb sie vor ihm stehen, mit den Händen auf dem Rücken.

„Ich heiße Indra, und wir ziehen jetzt hier ein", sagte sie schließlich. Dann hatte sie ihn freundlich angelacht und war wieder fortgelaufen.

Er war damals ganz platt gewesen. Jetzt war er sechzehn. Und hatte immer darüber nachgedacht, ob man sich schon mit fünf verlieben konnte. Auf jeden Fall hatte er damals ein ganz komisches Gefühl im Bauch gehabt. Wie sie ihn angeschaut hatte mit ihren großen, grauen Augen. Heute wusste er, dass sie auch manchmal blau oder grün waren. Und wie sie dann gelacht hatte und fortgesprungen war. Wie eine Fotografie konnte er diesen Augenblick immer wieder aus der Schublade seiner Erinnerungen ziehen.

Jan seufzte und setzte sich an seinen Schreibtisch. Ihm

machten Mathe und Bio ziemlich zu schaffen. Nur wegen Indra war er damals auf die Hildegard-von-Bingen-Schule gegangen. Seine Eltern waren eingeschworene Schilleraner. Aber nach dem gemeinsamen Kindergartenjahr auf der Castellauner Straße und den Grundschuljahren in der Manderscheider wollte er unbedingt auf die Schule gehen, in die Indra wechseln würde. Das sagte er seinen Eltern natürlich nicht. Sein Klassenkamerad Marco wollte Gott sei Dank auch auf das Gymnasium, außerdem hatte es einen guten Ruf. Schließlich hatten die Eltern zugestimmt.

Die ganzen Jahre hindurch war Indra das fröhlichste Mädchen, das Jan kannte. Oft trafen sie sich auf den Spielplätzen an der Mommsenstraße oder im Beethovenpark. Die meiste Zeit klebte Indra mit Esther zusammen. Er war dann mit Marco unterwegs gewesen. Und zu viert hatten sie Verstecken oder Nachlaufen gespielt oder nur auf den Klettergerüsten herumgehangen und gequatscht. Sogar Schulaufgaben hatten sie manchmal zusammengemacht, weshalb sie von Klassenkameraden aufgezogen wurden. Aber dann war plötzlich alles anders geworden. Esther war weit weggezogen und seitdem war Indra nicht mehr die Alte. Sie war zugeklappt wie eine Auster. Sie lächelte ihn noch freundlich an, aber nur von ferne. Es war, als ob sie früher in einer großen Seifenblase gelebt hätten, aber die war geplatzt. In einem kleinen Bläschen war Esther weit fortgeflogen. In einem anderen schwebte Indra, zwar noch in Sichtweite, aber eben getrennt. Nur Marco war ihm erhalten geblieben, der alte Sack. Sie waren jetzt in einer Zweierblase. Einen Freund zu haben war wirklich Klasse, aber dass Indra jetzt so weit weg war, das hasste er. Wütend schmiss er den Stift auf das Heft und stand wieder auf. Er ging zum Fenster und starrte auf das Haus gegenüber. Er benahm sich wie ein Idiot. Warum ließ er Indra nicht einfach sausen? Da kam sie gerade. Jan schluckte. Wie sie dort ging, mit hängenden Schultern und dem zotteligen Haar. Jan konnte nichts dagegen tun, irgendwie tat es ihm weh.

***

Indra hatte gerade die Haustür geöffnet, als Sven schon im Flur stand.

„Wo warst du denn? Es ist schon drei Uhr. Mama geht es nicht gut."

Ärgerlich warf Indra den Hausschlüssel auf die Ablage unter dem Spiegel. „Bin ich euer Kindermädchen?", brüllte sie Sven an, „Mama geht es nie gut, oder?"

Sven stand da wie ein begossener Pudel. Dass Indra hin und wieder über sich selbst jammerte, war er inzwischen gewöhnt, aber dass sie ihn so anranzte war neu. Scheinbar tat es ihr auch schon Leid. Sie legte den Arm um seine Schultern.

„Habt ihr was gegessen?"

Sven schüttelte den Kopf. „Alleine hatte ich keine Lust."

Indra seufzte, sie ließ Sven los und strich sich mit der Hand übers Haar. Erschrocken spürte sie, wie kurz es war. Daran musste sie sich erst gewöhnen, dass sie keine Haarsträhne durch die Finger gleiten lassen konnte. Egal. Entschlossen nahm sie die Hand runter. Sie wollte anders werden. Die kurzen Haare gehörten dazu. Und Snuffy hatte kein Wort über ihre Frisur verloren, das fand sie gut. Sie ging ins Wohnzimmer, wo ihre Mutter geistesabwesend auf der Couch saß. Indra setzte sich neben sie und nahm ihre Hand.

Ihre Mutter blickte sie an. „Kind, wie siehst du nur aus. Was hast du mit deinem Haar gemacht?"

Indra zog ihre Hand weg. „Ach, Mama, die Rasterlocken haben dir doch auch nicht gefallen. Jetzt sind sie weg. Und das Haar wächst schon wieder."

Sie betrachtete das Gesicht ihrer Mutter, die ernst vor sich hinstarrte. Wo war sie nur geblieben, die fröhliche, optimistische Mama, die mit ihr und Sven im Garten herumtollte? Oder zum

Decksteiner Weiher radelte. Oder Scrabble spielte. Früher war sie meistens gut aufgelegt gewesen und hatte nur ab und zu die schwarzen Minuten gehabt, wie Sven und Indra diese Phasen nannten. Aber jetzt war sie meistens in der schlechten Stimmung, und nur ab und zu blinkte die fröhliche Mama durch. Indra dachte an den Wegzug von Biesens. Ja, genau vor zwei Jahren hatte es sich richtig verschlimmert. Und sie dachte an Esther. Mist, die Geburtstagskarte hatte sie ganz vergessen.

„Ich hab Hunger." Sven lehnte im Türrahmen.

Frau Küsters sah ihre Tochter bittend an. „Machst du euch was?"

Indra nickte ergeben und ging in die Küche. Sven folgte ihr wie ein kleiner Hund.

„Mensch, Sven, du bist dreizehn, kannst du dir nicht einfach selbst ein Brot machen?"

Sven ließ sich auf einen der Küchenstühle plumpsen. Er blickte seine Schwester aus himmelblauen Augen an. „Klar kann ich, aber alleine ist es so ungemütlich."

Indra stellte Brot und Aufschnitt auf den Tisch. „Soll ich dir auch was machen, Mama?"

„Nein, danke, Schatz", kam die Antwort durch die offenstehenden Türen, und die Stimme der Mutter erinnerte sie an ein zaghaft flatterndes Vögelchen. In null Komma nichts hatte Indra ein paar belegte Brote fertig, stellte den Teller in die Mitte auf den Tisch und holte die Milchflasche aus dem Kühlschrank. Eine Zeit kauten sie und Sven schweigend. Indra blickte durchs Fenster in den Garten, der jetzt halb im Schatten lag.

„Gehst du nicht mehr skaten? Oder schwimmen bei dem schönen Wetter?"

Sven zuckte die Achseln. „Keine Lust."

Indra fand das gar nicht gut. Früher hatte sie ihn oft mitgenommen zum Spielplatz am Rosengarten oder ins Müngersdorfer Stadion zum Schwimmen. Als sie ohne Esther dort nicht mehr hin wollte, hatte sich Sven immerhin mit ein paar Klassenkameraden zum Skateboardfahren getroffen. Aber scheinbar fand er sich nicht gut genug. Jedenfalls verbrachte er jetzt die meiste Zeit vor dem Computer. Da hatte er auch ein Spiel, in dem er Skateboarder die tollsten Figuren fahren lassen konnte, aber das war ja wohl nicht vergleichbar mit Selberfahren. Sie fand überhaupt nichts an Computerspielen. Sie wollte was erleben und nicht in der Bude hocken.

Indra schaute auf die Küchenuhr. In einer Stunde würde ihr Vater nach Hause kommen. Bis dahin würde Mama völlig apathisch sein. So war es immer gewesen. Mittags war Mama noch einigermaßen normal. Aber je mehr es auf den Nachmittag zuging, umso mechanischer wurden ihre Bewegungen. Sie machte alles ordentlich. Sie begrüßte ihren Mann, fragte nach Neuigkeiten, erzählte was, bereitete das Abendessen vor. Ihr Vater genauso. Begrüßung. Austausch von ein paar Floskeln. Wie waren die Kinder? Alles in Ordnung. Wenn die Mutter dann in die Küche ging, setzte Herr Küsters seine Aktentasche neben den Tisch im Esszimmer, an dem er auch seinen Schreibkram erledigte. Dann ging er nach oben ins Schlafzimmer und zog Jogginghose und T-Shirt an. Dann in die Küche, Schnaps und Bier aus dem Kühlschrank holen. Vor der Glotze wartete er, bis Mama zum Abendessen rief. Die Zeiten, in denen nachmittags Besuch im Haus war und den unabwendbaren Ablauf hinauszögerte, waren lange vorbei. Sehnsüchtig dachte Indra an Esther und Frau Biesen, die einfach blieben, auch wenn ihr Vater ein noch so mürrisches Gesicht zog.

„Iiindra!" Svens Stimme riss sie aus ihren Gedanken. „Du hörst mir überhaupt nicht zu", jammerte er.

Plötzlich hatte Indra das Gefühl, dass irgendetwas in ihrem Schädel platzen würde. Etwas, das einen roten Nebel freisetzte, durch den sie Sven kaum noch wahrnahm. Sie sprang auf. „Mir hört auch niemand zu!" schrie sie Sven an. „Und du wirst jetzt den Tisch abräumen und Mama sagen, dass ich heute nicht zu Abend esse. Mir ist kotzübel!"

Sie stürzte aus der Küche und rannte zwei Stufen auf ein-mal nehmend die Treppe hinauf in ihr Zimmer.

4

Snuffy fummelte mühsam den Schlüsselbund heraus, der sich in den Nähten seiner Hosentasche verharkt hatte. Bevor er den Schlüssel ins Schloss steckte, blickte er sich noch mal um. Keine Spur von Kermit und Rüdiger. Ob sie ihn wirklich in Zecks Auftrag auf die Schienen geschmissen hatten? Bei dem Gedanken traten Snuffy die Tränen in die Augen. Wütend wischte er sie weg. Das war bestimmt alles nur ein Missverständnis. Er zog die Nase hoch, öffnete entschlossen die Tür und nahm die fünf Stufen zum Aufzug in zwei Riesenschritten. Die Kabine stand gerade im Erdgeschoss, Snuffy trat ein und drückte die 4. Er lehnte sich an die verkratzte Metallwand. Was ihn wohl erwartete? Immerhin, wenn Zecks Befehl mit der Braut ernst gemeint war, hatte er schon was in die Gänge gebracht. Und wenn nicht, war sowieso alles wieder in Ordnung. Der Aufzug stoppte, und wie bei jeder Fahrstuhltour hatte Snuffy das Gefühl, sein Magen käme erst mit Verspätung an. Er trat auf den Flur und lief den schmalen Gang hinunter, von dem links Tageslicht durch riesige stahlgerahmte Fenster fiel und rechts die Türen zu den verschiedenen Appartements abgingen. Snuffy verharrte kurz an der vorletzten Tür, dann ging er entschlossen weiter und öffnete die letzte auf diesem Flur. Die Tür zum Wohnraum stand offen, aber er bog erst mal nach links ins Bad. In letzter Zeit fror er schnell. Nur die Stunden nach dem Einwurf einer *E* durchschwappte ihn ein angenehmes Wärmegefühl. Die Sommerhitze, die im Moment herrschte, brachte ihm dagegen nur einen kalten Schweißfilm auf der Haut. Er hasste dieses klebrige Gefühl. Am Waschbecken warf er sich erst mal eine Ladung Wasser ins Gesicht, ehe er in den Spiegel schaute. Irgendwie war er älter geworden. Seine ehemaligen Kumpel würden sich an die Stirn fassen, wenn er so was laut von sich gegeben hätte. Aber trotzdem, früher hatte er immer ein rundes Gesicht gehabt, das war jetzt verschwunden. Und die roten Wangen, über die Zeck sich immer lustig gemacht hatte, waren auch nicht mehr. Snuffy griff nach dem schwarzweißen Frotteetuch und tupfte kurz ein paar Tropfen ab, dann zog er das Tuch sorgfältig durch den dafür vorgesehenen Chromring.

Langsam ging er ins Wohnzimmer, in dem nur wenige, aber dafür edle Möbel herum standen: ein Sofa, ein Sessel, ein Tisch, ein riesiger Fernseher, vor allem natürlich die Musikanlage. Snuffy ließ sich aufs Sofa plumpsen und griff nach der Fernsteuerung des Fernsehers, als die Tür zum Nebenappartement aufsprang und Zeck im Rahmen erschien.

„Ach nein, der kleine Snuffy will mal wieder die Kreise des großen Zeck stören!"

Snuffy sah Zeck unsicher an. „Ich stör' dich doch nicht, nur mal kurz zappen. Hast du doch sonst auch nichts gegen gehabt."

Zeck verschränkte die Arme über die Brust und lachte spöttisch. „Nicht stören, da lach' ich doch. Allein deine Anwesenheit stört."

Snuffy sah Zeck ungläubig an. „Was mmmeinst du?" stotterte er.

Zeck kam langsam näher. Dass er nachmittags um vier in Boxershorts durch die Wohnung taperte, machte die Sache noch unheimlicher. Als er sich über Snuffy beugte, lehnte der sich ängstlich zurück.

„Ich meine, dass ich den Schlüssel wiederhaben will." Als wäre dieser Satz eine Höchstleistung gewesen, ließ sich Zeck auf den einzeln stehenden Sessel fallen und schloss die Augen.

„Aber warum denn? Wo soll ich denn hin? Was hab' ich denn gemacht?" Snuffy sprang auf und hockte sich vor Zecks Füße. „Bitte, Zeck, ich mach' alles, was du willst. Ich hab auch eine Freundin aufgerissen, wie du's gesagt hast. Du brauchst mir nichts mehr umsonst geben."

Zeck öffnete die Augen. „Soso, eine Freundin. Das hab' ich

gesagt?"

Snuffy sah Zeck entsetzt an, aber dann entspannten sich seine Züge. „Ach, war doch nur ein Scherz, was? Hab' ich doch gewusst."

„Ein Scherz, ja, genau ein Scherz", wiederholte Zeck mechanisch. Er schob Snuffys Hand von seinem Knie und erhob sich langsam. „Weißt du was? Mach was du willst, ich muss noch mal ins Bett."

„Und die Party heute Abend?"

„Die Party steigt, Kermit hat die Smarties. Gibt's nur gegen cash." Zeck schlurfte zur Verbindungstür, die zum Arbeits- und Schlafzimmerteil der Zweiappartement-Wohnung führte.

„Kermit hat mich heute umgehauen, ich wär' beinahe unter eine Bahn gekommen", rief Snuffy ihm nach.

Zeck drehte sich schwerfällig um. „Hat er das?" Er wackelte mit dem Kopf, so dass ihm eine Strähne seines hellblonden Haares in die Stirn fiel. „Hätt' ich nicht gedacht, dass der so auf mich hört. So ernst hab ich das gar nicht gemeint."

Snuffy sah ihn mit offenem Mund an. Aber Zeck hatte sich schon wieder abgewandt und verschwand endgültig im Nebenzimmer. Es klackte leise, als die Tür ins Schloss fiel.

***

Indra lag auf ihrem Bett und starrte an die Decke. Es war schon halb neun, und dieser Snuffy hatte immer noch nicht angerufen. Wahrscheinlich war sie längst vergessen. Sie zubbelte mit den Fingern an ihren Haarspitzen. Was sollte sie bloß mit diesem Wochenende anfangen? Für Oli war die Sache scheinbar gegessen. Der Gedanke an ihn verursachte ihr Herzklopfen. Sie setzte sich auf. Das Gefühl von einer riesigen Hand, die in ihren Eingeweiden zerrt und ein Stück herausreißt, war nicht niederzukämpfen.

Von unten tönte der Fernsehapparat. Papa würde wie angeklebt davor sitzen und vermutlich irgendwann auf dem Sofa einschlafen. Ab und zu würde sich Mama zu ihm setzen, aber zwischendurch immer wieder aufspringen und nervös in der Küche oder im Esszimmer herumhantieren. Schließlich würde sie erfolglos versuchen, Papa zu wecken, um dann resigniert mit einem Buch unter dem Arm die Treppe hinaufzukommen und ins Schlafzimmer zu gehen. Das Licht brannte oft die ganze Nacht. Ob ihre Mutter wachlag oder über dem Buch eingeschlafen war, wusste Indra nie so genau. Nur dass sie beide Eltern nicht verstand, dass wusste sie. Wie ihr Vater so leben konnte! Und wie ihre Mutter es neben ihm aushielt. Und vor allem warum? Mit Liebe hatte das doch alles lange nichts mehr zu tun. Indra legte sich auf die Seite und presste die Unterarme gegen ihren Leib. Liebe! Früher hatte sie eine genaue Vorstellung davon gehabt. Man hatte das unbeirrbare Gefühl, mit dem und dem gehörst du zusammen. Und jede Minute, die du nicht mit ihm verbringen kannst, ist eine verlorene Minute. Dieses Gefühl hatte sie mit Oli, und der hatte sie einfach im Stich gelassen.

„Indra!"

Indra lauschte überrascht. Hatte ihre Mutter nicht gerufen?

„Indra!" - Tatsächlich! Sie sprang auf und lief in den Flur. Sie beugte sich über das Treppengeländer und sah ihre Mutter, die gerade den Fuß auf die unterste Stufe setzte. Als sie Indra sah, blieb sie stehen.

„Telefon für dich." Ihre Stimme klang halb erstaunt, halb vorwurfsvoll.

Indra sauste die Treppe hinunter und griff nach dem Mobiltelefon, das die Mutter ihr entgegenhielt.

„Bring es bitte gleich wieder zurück."

Indra nickte nur und rannte mit dem Hörer in der Hand hinauf in ihr Zimmer. „Hallo", meldete sie sich atemlos.

„Hallo! Snuffy hier. Tut mir leid, ist was später geworden."

„Das macht doch nichts", beeilte sich Indra zu antworten, „find' ich cool, dass du dich überhaupt meldest."

„Und? Hast du es dir überlegt?"

„Ich glaub, ich hätte Lust."

„Kostet aber vierzig Mark."

„Vierzig?" Indra war überrascht. Fünfzehn und zwanzig Mark hatte sie schon für Partys bezahlt, inklusive eines Getränks. Aber vierzig Mark! Musste ja was besonders Edles sein.

„Ich dachte das wär eine Einladung. Ganz schön happig der Preis."

„Hast du keine Kohle?"

„Das ist kein Problem." Indra dachte an ihr immer gefülltes Sparschwein. Sie hatte nie viel ausgegeben. Nur die letzten drei Monate mit Oli, weil sie häufiger als gewöhnlich in Kinos und Cafès gegangen - und natürlich in Discos. Durch die regelmäßigen Taschengeldzahlungen brauchte sie jedoch nicht auf ihr Erspartes zurückzugreifen.

„Ich find es nur teuer."

„Ist kein Eintrittsgeld, sondern ein Unkostenbeitrag. Für die Typen mit der Musikanlage und so... eigentlich zwanzig Mark. Aber ich bin blank, wie du weißt."

Aha. So hatte er sich das gedacht. Indra grübelte. Na ja, dass er blank war, wusste sie schon seit heute Nachmittag.

„Was bedeutet eigentlich Röhren-Rave?", fragte sie, um die Bedenkzeit zu verlängern.

„'n Rave, der in 'nem Kanalrohr stattfindet. Da fällt mir ein, hast du ein Fahrrad?"

„Klar", antwortete Indra erstaunt.

„Super. Bring es mit, wir müssen ein Stück rausfahren. Also, was ist jetzt? Kommst du?"

Indra tippte sich mit den Fingerspitzen ans Kinn. Hörte sich spannend an. Auf jeden Fall besser, als mit Herzklopfen und

Bauchkrämpfen im Bett zu liegen. „Okay."

„Ich hol dich dann um halb elf ab." Snuffy klang erfreut. "Wo wohnst du?"

„Abholen ist nicht so gut. Auf 'ner Party, die um elf erst losgeht, war ich bisher noch nie. Wir können uns ja in der Nähe treffen. Wo müssen wir denn überhaupt hin?"

„Nach Marienburg."

„So weit?"

„Bist du schlapp, oder was?"

Indra schluckte. „Nee, nur so mitten in der Nacht mit dem Fahrrad. Aber okay, dann lass uns Ecke Gürtel/Berrenrather treffen. Das ist bei mir in der Nähe."

Snuffy schien zu überlegen. „Lieber Militärring/Berrenrather. Halb elf", antwortete er schließlich.

„Alles klar", gab Indra zurück, „und die vierzig Mark bring ich auch mit."

Snuffy brummelte noch irgendetwas Unverständliches und hängte ein. Indra blickte nachdenklich auf den Hörer. Zum ersten Mal wollte sie los, ohne den Eltern was zu sagen. Aber letztendlich hatte sie die Partys mit Oli angekündigt, ohne dass sich zu Hause an dem Ablauf des Abends etwas geändert hätte. Wenn sie losgezogen war, lief die Glotze, und wenn sie nach Hause kam, war alles still. Nur bei Sven tickerte manchmal noch der Computer. - Sven, wo steckte der eigentlich? Sonst rückte der ihr doch ständig auf die Pelle, selbst wenn sie ihn angeranzt hatte. Sie lief die Treppe runter und hängte den Hörer in die Station.

„Wo ist Sven?" fragte sie ihre Mutter, die gerade die Spülmaschine leer räumte.

„Nebenan bei Simon", murmelte sie, ohne aufzusehen, „der hat einen neuen Computer und Sven kann doch damit umgehen."

Indra freute sich, dass Sven aus seiner Höhle rauskam, selbst wenn es wieder um Computer ging. Aber sie hätte ihn gern in ihre nächtlichen Pläne eingeweiht. Nur für den Fall der Fälle.

„Wie lang darf er denn?"

„Soso, die junge Dame interessiert sich noch für unser Familienleben!" Der Vater stand plötzlich in der Tür zum Esszimmer. „Wie siehst du überhaupt aus?"

Indra musterte ihn. Wie er dastand in der blöden Jogginghose und mit geröteten Augen. Plötzlich wurde ihr schlecht. Sie verachtete ihren Vater. Nie zuvor hatte sie diesen Gedanken gedacht. Trotz aller Kritik. Schon lange hatte sie das Zusammenleben ihrer Eltern für vergeudete Zeit gehalten, aber ihre Mutter war ihre Mutter, wie der Vater ihr Vater war, und jetzt plötzlich, in diesem Moment war es vorbei. Eine Welle der Ablehnung überflutete sie.

„Aber du interessierst dich für unser Familienleben, was?", schrie sie. „Für dich ist doch nur Alkohol wichtig!"

Das gerötete Gesicht ihres Vaters wurde leichenblass. „Was sagst du da?" brüllte er.

Die nächsten Sekunden würde sie bestimmt nicht mehr vergessen. Wie ihre Mutter mit einem Teller in der Hand zur Statue wurde, wie ihr Vater in zwei endlosen Schritten auf sie zutrat und wie seine Hand ihr Gesicht traf. Seltsamerweise empfand sie keinen Schmerz. Sie merkte nur wie ein Band zerriss. Das Band, an dem die Gefühle für ihren Vater hingen. Sie sah förmlich, wie dieses Gewirr aus Zuneigung, Solidarität, Verständnis gespickt mit Ärger und Vorwürfen in ihrem Inneren abstürzte. Es entfernte sich irgendwohin in dunkle Tiefen, wo Indra es nicht mehr spüren konnte. Als es vorbei war, schaute sie ihm direkt in die blauen Augen, die sie früher so gemocht hatte, und die ihre Leuchtkraft schon lange verloren hatten. Sie sah ihren Vater. Nicht als Tochter, sondern als Fremde, und da konnte sie ihn nicht mehr achten. Sie wandte sich ab und verließ gemessenen Schrittes die Küche.

5

Jan hatte seinen Beobachtungsposten wieder eingenommen. Er kam sich richtig blöd vor. Wie ein Rentner, der immer am Fenster hing, weil im eigenen Leben nichts mehr abgeht. Meistens war er am Wochenende mit Marco zusammen, aber der war verreist, zur Goldenen Hochzeit der Großeltern. Deshalb saß er jetzt hier und starrte auf das Haus, in dem Indra wohnte. War ja schon fast krankhaft, vor allem, wo ihr Zimmer sowieso nach hinten rausging. Von seinem Fenster aus konnte er nur sehen, dass im Wohnzimmer der Küsters Abend für Abend die Glotze lief. Manchmal flimmerte es dort noch blau, wenn er mitten in der Nacht mal auf Toilette musste oder in die Küche, was trinken. Meistens waren dann aber die Rollos runtergelassen, dafür brannte das Licht in dem Zimmer darüber.

Jan gähnte. Heute hatte er zu nichts Lust. Weder zum Fernsehen, Computern oder Lesen. Er wunderte sich über sich selbst. Dass ihn das mit Indra so runterzog. Bisher hatte er immer gedacht „time is by my side" und irgendwann würde Indra schon raffen, wer der Richtige für sie war, aber langsam ging ihm die Luft aus. Er wollte sich gerade vom Fenster abwenden, als die Haustür neben Küsters aufging. Sven verabschiedete sich von Simon. Mann, die Knirpse waren inzwischen richtig beigewachsen. Der kleine Sven, den Indra früher oft mit auf den Spielplatz geschleppt hatte. Marco hatte immer gemeckert, aber er selbst fand es sympatico wie Indra sich um ihren kleinen Bruder kümmerte. Vielleicht, weil er selbst keine Geschwister hatte. Trotz aller Vorteile, die das mit sich brachte und die er klar erkannte, meinte er etwas zu versäumen, so ganz ohne Bruder und Schwester. Seine Eltern hatten sich auch mehrere Kinder gewünscht, das wusste er, aber nach ihm hatte seine Mutter zwei Fehlgeburten gehabt. „Es soll eben nicht sein", war schließlich das Urteil des Familienrats gewesen, der aus seinen Eltern, der Großmutter und ihm bestand, obwohl er zu der Zeit erst fünf geworden war. Seine Mutter hatte dann ihre Ausbildung als Buchhändlerin abgeschlossen.

Jan warf einen Blick auf die Wanduhr, die wie eine überdimensionale Armbanduhr aussah. Er fand sie ziemlich daneben, aber er hatte es nicht übers Herz gebracht, das seiner Großmutter zu sagen, als sie eines Tages freudestrahlend und mit den Worten: „Das ist doch das Richtige für ein Jungenzimmer" angerückt war.

Zehn Uhr zehn. Draußen war es immer noch nicht ganz dunkel und die Luft, die hereinkam, hatte nach der Tageshitze genau die richtige Temperatur für einen Ausflug. Gerade war Sven in der Haustür gegenüber verschwunden, als zu Jans Überraschung Indras Kopf in der Garagenauffahrt auftauchte. Sie benahm sich so, als wollte sie nicht bemerkt werden. Den Kopf zwischen die Schultern gezogen und soweit Jan es aus der Entfernung beurteilen konnte, jedes Geräusch vermeidend. Sein Herz klopfte. Sie würde tierisch sauer werden, wenn er hinter ihr her spionierte, da war er sich bei ihr sicher. Aber sie wirkte so geheimniskrämerisch. Er konnte einfach nicht widerstehen. Er griff sich seinen Schlüssel und sauste die Treppe runter. Seine Eltern saßen mit Oma im Esszimmer und spielten Karten.

„Ich fahr' noch eine Runde", rief er, „bei der Wärme kann ich noch nicht schlafen."

„So spät noch", meinte seine Großmutter missbilligend. Seine Eltern sahen sich an. Jan durfte ziemlich selbstständig seine Zeit einteilen und hatte es bisher nicht zu seinem Nachteil ausgenutzt.

„Falls es länger dauert, ruf uns bitte an", sagte seine Mutter.

„Ist doch klar", gab er zurück, „schönen Abend noch!"

Schnell rannte er zur Haustür und hielt Ausschau nach Indra. Sie schob ihr Rad und war gerade mal zwanzig Meter entfernt. Er wartete ab, ob sie links oder rechts rum in die Simmerer Straße einbiegen würde. Rechts rum! Er sauste in den Garten und griff nach seinem Rad, dass er bei schönem Wetter manchmal draußen stehen ließ. Auf der Straße sprang er auf, trat fest in die Pedalen und bog ebenfalls in die Simmerer ein. Vor dem Bogen, der in die Castellauner führte, war niemand zu sehen, aber als er den Kindergarten passierte, entdeckte er das rote Rücklicht. Indra schien Zeit zu haben, sie fuhr nicht übermäßig schnell. Er folgte ihr in gemächlichem Tempo.

***

Indra atmete tief durch. Sven war gerade noch rechtzeitig gekommen, um ihm klarzumachen, dass sie heute Nacht länger weg bleiben würde. Eigentlich kamen die Eltern vor dem Schlafengehen nicht in ihre Zimmer. Ihr Vater sowieso nicht, und Mama lauschte meist nur an der Tür. Aber nach dem Theater heute Abend wäre es möglich, dass sie hineinkäme, um auf ihre hilflose Art Frieden zu stiften. Indra biss sich auf die Lippen. Wenn ihre Mutter wüsste, dass nichts mehr möglich war. Der Vater ödete sie an, und die Mutter tat ihr Leid. Was sollten so schlappe Erwachsene einem denn noch groß sagen? Indra hatte Mühe die aufsteigenden Tränen zu bekämpfen. Noch vor einer Woche wäre es ihr unmöglich erschienen, alleine durch die Nacht zu radeln und sich mit wildfremden Leuten zu treffen. Und jetzt war dieser Snuffy der Einzige, der sie interessierte. Ihr altes Leben mit Esther, Jan und Marco war lange Vergangenheit. Die Zeit danach wollte sie nur vergessen, bis auf die drei Monate mit Oli. Endlich hatte sie sich wieder lebendig gefühlt, Lust zu allen Dingen gehabt, die sich sonst nur dahingeschleppt hatten. Abrupt hatte er ihr alles wieder genommen. Nichts war sicher. Wenn du meinst, du hast festen Boden unter den Füßen, sei vorsichtig, dann kommt bestimmt ein Riesenloch, abgedeckt mit morschen Planken.

Indra stoppte. Sie hielt das Fahrrad mit den Beinen und

fuhr sich mit den Fingerspitzen durchs Gesicht, um die Heulspuren wegzuwischen. Dann nahm sie ein Tempo aus der Hosentasche und putzte sich kräftig die Nase. Gut, dass es dunkel war, dann würde Snuffy nicht direkt erkennen können, was für eine Heulsuse sie war. Sie war von der Neuenhöfer Allee schon auf die Berrenrather eingebogen und brauchte nur noch an der Elsa-Brandström-Schule vorbei zum Militärring. Es war fünf vor halb Elf. Sie war also pünktlich. An der Ampel blieb sie stehen. Von weitem hörte sie das Lachen und Johlen anderer Nachtschwärmer.

Gerade als sie überlegte, was sie tun würde, wenn Snuffy nicht käme, schallte ein fröhliches „Haduuu" zu ihr herüber. Sie kniff die Augen zusammen, um besser sehen zu können, und erkannte Snuffy, der hinter einem Baum auf der gegenüberliegenden Straßenseite hervortrat. Lachend überquerte er die Straße, umarmte sie und drückte ihr einen Kuss auf die Wange. Indra war vor Überraschung ganz starr.

„Wo ist denn dein Fahrrad?", fragte sie nur.

„Na, das ist ja mal eine herzliche Begrüßung", grinste Snuffy. „Fahrrad? Steht bei meinen Eltern."

„Und wie kommen wir jetzt nach Marienburg?" Indra konnte Snuffys Verhalten nicht richtig einordnen. Er wirkte viel fröhlicher als heute Mittag, aber irgendwas kam ihr komisch vor.

„Ist doch klar, ich fahre und du sitzt hinten drauf." Er griff schon nach Indras Rad. „Hast du die Kohle?"

„Klar." Sie nickte.

„Dann spring auf."

Statt zu springen, setzte sie sich vorsichtig auf den Gepäckträger und packte Snuffys Sweatshirt, als er lostrampelte. Es wackelte ganz schön, aber Snuffy schien das Rad unter Kontrolle zu haben. Indra fragte sich nur, wie tief das Metall des Gepäckträgers sich nach der weiten Tour in ihren Allerwertesten gedrückt haben würde.

„Ich weiß aber nicht, wie lange ich das hier aushalte", beschwerte sie sich, nachdem Snuffy gerade durch eine Kuhle geradelt war.

„Wir können ja mal tauschen", rief er unbekümmert.

„Gegen heute Mittag bist du aber total gut drauf", rief sie zurück.

„Jeder hat mal seine Tiefs", antwortete er. „Oder? Jetzt ist eben ein Hoch."

***

Wo wollten die bloß hin? Jan achtete darauf, dass er einen Sicherheitsabstand zu der Rückleuchte hielt. An der Kreuzung Berrenrather/ Neuenhöfer Allee wäre er beinahe auf Indra drauf gefahren. Sie war aus heiterem Himmel stehen geblieben, so dass er das rote Licht natürlich nicht mehr sehen konnte. Am Militärring war er besser vorbereitet gewesen und hatte sich hinter der Elsa-Brandström-Schule mit dem Rad durch die Sperrgitter gezwängt und so lange zwischen ein paar dürren Bäumchen ausgeharrt, wie Indra an der Ampel stehen geblieben war. Von dort aus hatte er das dämliche Gebrülle von Indras neuem Typen miterlebt und die übertriebene Begrüßung. Jetzt waren sie schon zwanzig Minuten am Strampeln und an Fort VII vorbei. Vor der Unterführung hatte er Mist gebaut. Das rote Rücklicht war plötzlich verschwunden und er war einfach geradeaus weiter gerast. Ein toller Verfolger war er! Hatte ganz vergessen, dass man am Sportplatz links runter zum Militärring musste, um unterhalb der Eisenbahnschienen weiter zu kommen. Fluchend hatte er in der Sackgasse vor den Schienen sein Rad gewendet und gehofft, dass die beiden nicht zu flott vorwärts kamen. Außerdem wäre er aufgeschmissen gewesen, wenn sie die Militärringstraße verlassen hätten. Aber offensichtlich sollte die Verfolgungstour nicht auf so dumme Weise enden, denn schon an der nächsten Kreuzung konnte er im Blinklicht der Ampel zwei Leute und ein Rad ausmachen. Die Tour war wohl noch nicht zu Ende, denn Indra und ihr Verehrer hatten gerade gewechselt, jetzt fuhr sie und Mr. Designklamotte saß auf dem Gepäckträger.

Jan zweifelte an seinem Verstand. Was hatte er bloß davon, den beiden durch halb Köln auf dem Rad zu folgen? „Der geheime Eichkater in Durchführung eines besonders geheimen Geheimauftrags". Wie oft in letzter Zeit musste er laut über sich selbst lachen, was ihm in Hinsicht auf seinen Geisteszustand auch nicht unbedenklich erschien. Er würde am Montag Marco fragen, ob er irgendwelche Veränderungen an ihm bemerkt hätte. Bei der Vorstellung von Marcos dummem Gesicht musste er schon wieder lachen.

Anstrengend war die Radelei für ihn nicht. Indra hatte es sicher schwerer. Er konnte ihr ganz gemütlich folgen. Mühsam war nur, sie nicht aus dem Blick zu verlieren und gleichzeitig nicht bemerkt zu werden. Ein Superkavalier war das, der nicht mal sein eigenes Fahrrad mitbrachte. Hin und wieder dachte er an seine Eltern und hielt nach einer Telefonzelle Ausschau, aber die waren am Militärring wesentlich dünner gesät als am Gürtel, den er schon häufiger entlang geradelt war, wenn er zum Rhein wollte. Diese Richtung hatten sie jetzt auf jeden Fall drauf. Am besten wartete er mit dem Anruf, bis sie endlich ihr Ziel erreicht hatten. Nachdem er schon so weit mitgefahren war, wollte er jetzt auch wissen, was sie vorhatten.

✳✳✳

Indra verlangsamte die Fahrt. Hatte sie sich doch nicht vertan. Sie waren tatsächlich am Verteilerkreis.

„Sag mal, sind wir nicht bald da?", stöhnte sie und rieb sich die Oberschenkel.

Snuffy sah sich wie ein Seemann um, der mit Hilfe von Wind und Sternen die Lage peilte. „Noch fünf Minütchen würd ich meinen", antwortete er fröhlich. „Wenn du nicht mehr kannst übernehm' ich den Rest."

„Ist wirklich sehr zuvorkommend, aber auf dem Gepäckträger find' ich es auch nicht viel bequemer."

Trotzdem drückte sie Snuffy den Lenker in die Hand und versuchte eine möglichst unverkrampfte Haltung auf dem Rücksitz einzunehmen. „Muss ja eine Wahnsinnsparty sein, für die du solche Anstrengungen auf dich nimmst. Fährt da kein Bus und keine Bahn hin?"

„Nicht direkt. Und denk mal an die Umsteigerei und die Kohle, wenn du nicht irgendwann sechzig Mark blechen willst, und die Probleme nachts. Ist doch viel besser mit einem Drahtesel."

„Wär noch besser mit zwei Drahteseln", meinte Indra. „Und das Bahngeld ist dir zu viel, aber zwanzig Mark Eintritt siehst du locker."

„Tja, man muss eben wissen, was man haben will für sein Geld. Und mit dem Rad, das hab ich verpennt. Beim nächsten Mal hab ich eins mit, garantiert."

Beim nächsten Mal. Snuffy sah den Ausflug also nicht als einmalige Angelegenheit. Obwohl ihr noch völlig unklar war, was sie von der neuen Bekanntschaft halten sollte, freute sie sich über die vielleicht ganz unabsichtliche Bemerkung. Plötzlich musste sie an zu Hause denken. An Sven, der überhaupt nicht wusste, was sich am Abend abgespielt hatte. An ihre Eltern. Konnte es wirklich sein, dass sie nichts mehr für sie fühlte außer Mitleid und Verachtung? Sie horchte in sich hinein und ihr war, als würde jeder von Snuffys Pedaltritten die Entfernung von ihren Eltern, die sie an diesem Abend so deutlich gespürt hatte, um ein Vielfaches vergrößern.

„Was ist? Bist du dahinten eingeschlafen?" Snuffys aufge-
kratzte Stimme riss sie aus ihren Gedanken.

„Quatsch", antwortete Indra, „ich überlege nur, ob wir
diese Nacht überhaupt noch irgendwo ankommen."

Snuffy bremste abrupt. „Dann kannst du jetzt aufhören zu
überlegen", sagte er und breitete die Arme aus, „wir sind da."

Indra schaute sich erstaunt um. Hier gab es nichts, außer
einer leeren Straßenkreuzung, dem Wald und einer Baustelle auf
der anderen Straßenseite.

6

„Hier?" fragte Indra irritiert.

Snuffy lachte. „Komm, stell das Rad irgendwo ab."

Indra war sich nicht sicher, ob sie der Aufforderung folgen sollte. Ein ungutes Gefühl beschlich sie.

„Hast du Schiss?" Snuffy musterte sie, und selbst im schwachen Licht der Straßenlaternen konnte Indra den spöttischen Ausdruck erkennen. Entschlossen ging sie ein Stück zurück und kettete ihr Rad an ein Straßenschild. Als sie so gebeugt dastand, vermeinte sie ein dumpfes Stampfen zu vernehmen. Fast wie unterirdische Musik, von der man wegen der Entfernung nur die Bässe ahnen konnte. Sie hob lauschend den Kopf. Sie hatte sich nicht geirrt; das Geräusch kam von der Baustelle. Gespannt kehrte sie zu Snuffy zurück.

„Na, hast du's geschnallt?"

Indra nickte zaghaft und folgte Snuffy über die Straße. Er ging an gelben Baubuden vorbei und bog dann zwischen den Bäumen ab. Nachdem sie ein Stück an einem Bauzaun entlang gegangen waren, kamen sie an eine Stelle, wo die Drähte versetzt standen. Snuffy schlüpfte hindurch. Indra blieb zögernd stehen. Sie starrte auf den riesigen, gelben Baukran, der wie ein überdimensionales Tor die Baustelle beherrschte.

„Das ist aber bestimmt keine angemeldete Party", stotterte sie.

Snuffy fing an zu lachen. Er krümmte sich und hielt sich den Leib. „ Angemeldete Party, super, Indra, super!" Er verschluckte sich und schien nahe dem Ersticken, ehe er sich endlich wieder beruhigte. „Wir hätten auch ins Tarm Center gehen können, aber Zeck und seine Freunde stehen auf ungewöhnliche Meetings, und ich find' das auch cool."

Er schob die beiden Zaunstücke noch etwas auseinander.

„Jetzt komm' schon."

Indra schob sich langsam auf Snuffys Seite. Direkt nach ihr drängelten noch zwei Jugendliche hindurch, die sie vorher nicht bemerkt hatte. Überrumpelt schlich sie hinter Snuffy her, der zielsicher den Bauplatz überquerte, auf dem Stahlwände, riesige Betonröhren und anderes Baumaterial gelagert war, das Indra nicht einordnen konnte. Als Snuffy plötzlich stehen blieb, prallte sie auf ihn. Er hatte die Hände auf die obere Stange eines kleinen Stahlgeländers gelegt und schaute in das dahinter liegende Loch. Indra schluckte. Die Baugrube war, wenn man an den Eisenträgern auf halber Höhe vorbei sah, bestimmt 15-20 Meter tief. Die Wände waren mit breit geriffeltem Stahl ausgekleidet, der Boden schien glatter Beton zu sein. Zwei Wände hatten riesige, runde Löcher und in einem davon blinkte Licht, außerdem schien es auch die Quelle der unterirdischen Musik zu sein. Zu ihrem Schrecken sah Indra die beiden Jugendlichen, die sich an ihr vorbei gedrängelt hatten, an einem Baugerüst abwärts klettern.

„Da hinunter?" fragte sie schwach.

Snuffy nickte. „Wo sonst?"

***

Jan lief unruhig auf und ab. So was Schwachsinniges. Erst hatte er es ja nicht glauben können. Hatte gedacht, er müsste Indra vor einer Vergewaltigung im Wald retten, als die beiden am Schillingsrotter Weg Halt machten. Aber dann sah er sie um die Baustelle schleichen und in den abgesperrten Bereich einsteigen. Plötzlich waren sie in der Baugrube verschwunden. Er war über die Straße gerannt und konnte in das große Loch gucken. So eins hatte er schon mal gesehen. Auf einer Baustelle am Decksteiner Weiher.

Nach dem Wegzug von Esther waren er und Marco viel

Rad gefahren. Wie um den Verlust der Viererbande wettzumachen, hatten sie sich ständig auf ihre Räder geschmissen und waren kreuz und quer durch den Grüngürtel gestrampelt. Dabei hatten sie auch die Baustelle an der Berrenrather Straße entdeckt. Ein riesiges Metallungetüm hatte gelb durch die Bäume geflimmert und ihre Neugier geweckt. Aus der Nähe hatten sie dann die Baugrube bestaunt, über der ein rostfarbenes Fischmaul baumelte. Sie hatten einen Arbeiter gefragt, was das für ein Ding sei. Haubenschild hatte er es genannt, und Maul wäre nicht falsch, denn es würde sich durchs Erdreich fressen, um Platz für die großen Rohre zu schaffen.

Maul ist auch hier nicht falsch, dachte Jan, Indra und ihr Begleiter waren wie verschluckt. Er starrte angestrengt in die Grube. Es kam ihm hier leerer vor als damals am Decksteiner Weiher. Kaum Maschinen. So wie kurz vorm Abbau. Er spitzte die Ohren. Hatte er sich vorhin doch nicht getäuscht. Er hörte Musik. Er meinte sogar *Model* von *Kraftwerk* auszumachen, die Platte hatte er irgendwann mal bis zum geht nicht mehr aufgelegt. Konnte das wirklich sein, dass die da unten in den Röhren Party machten? Er blickte sich um. Oberhalb der Grube schien die Welt wie ausgestorben. Aber wie konnten die sicher sein, dass hier niemand vorbeikam. Wurde an solchen Baustellen nicht regelmäßig kontrolliert? Nachdenklich kaute er auf der Unterlippe. Was hatte er hier eigentlich zu suchen? Das mit der Baugrube beunruhigte ihn. Er hätte Indra am liebsten da raus geholt. Grübelnd schaute er auf seine Armbanduhr. Viertel vor zwölf. Es wurde Zeit, dass er zu Hause anrief. Gott sei Dank dauerte die Kartenspielerei immer bis in die Nacht, und er würde niemanden aus dem Bett holen. Er lief zu seinem Fahrrad, das er neben Indras abgestellt hatte. Wenn er eine Telefonzelle gefunden hatte, würde er hierher zurückkommen. Falls Indras Rad noch dastände, würde er noch was warten, wenn nicht würde er eben nach Hause radeln.

***

Mit Gummibeinen war Indra Snuffy in die Röhre gefolgt. Lichter waren so ausgerichtet, dass sie die Tunnelwirkung der Röhren noch verstärkten. Indra kam sich vor wie in einem Traum vor. In ihrem letzten war sie durch einen Trichter gefallen, der die Form eines Salmiakpastillensterns hatte. Hier dagegen war alles rund und obwohl sie aufrecht stand, hätte sie sich nicht gewundert, wenn sie plötzlich eingesogen worden wäre, wie in der Luftröhre eines Riesensäugetiers beim Einatmen. Etwa zehn Meter weiter tummelte sich ein Haufen Jugendlicher. Drei lösten sich aus der Gruppe und kamen direkt auf sie und Snuffy zu. Indra hielt die Luft an. Zwei davon kannte sie. Das waren die Männer, die Snuffy vor die Linie 18 geschmissen hatten. Sie wollte schon umdrehen und abhauen, aber Snuffy hielt sie am Arm fest.

„Ist schon okay."

Der Dritte, den Indra nicht kannte, hob die Hand. „Hey", meinte er zur Begrüßung und stubste Snuffy gegen die Schulter. Dann wandte er sich Indra zu. „Das ist sie also, deine Braut."

Indra wurde rot. Gut, dass das in diesem Licht nicht erkennbar war. Was hatte Snuffy denen bloß erzählt?

Sie betrachtete den Fremden, dessen hellblondes Haar auch in dem gedämpften Licht der Röhre glänzte. Der hatte sich schon wieder Snuffy zugewandt. „Und die Kohle?"

Snuffy nickte eifrig. Wie ein Lakai kam er Indra vor. „Hat sie."

Der Blonde nickte dem Breiteren der beiden Schläger zu, und entfernte sich dann wieder in Richtung des Getümmels. Indra wich erschrocken zurück, als der Typ auf sie zu trat.

„Unkostenbeitrag", flüsterte Snuffy.

Erleichtert zog Indra die vierzig Mark aus der Hosentasche und legte sie dem Typen in die ausgestreckte Hand. Mit unbewegtem Gesicht steckte der sie weg und zog ein Plastiktütchen   aus seiner Westentasche. Er nahm Indras Hand und schüttete zwei hellgelbe Tabletten auf ihre Handfläche. Danach drehten die beiden Ätztypen ab.

Snuffy sah sie auffordernd an. „Nimm eine."

Indra schüttelte heftig den Kopf. Schon als kleines Kind hatte jede Tablette einen Brechreiz bei ihr ausgelöst. Freiwillig würde sie niemals eine nehmen.

„Na, dann nicht." Snuffy pickte die gelben Dinger aus Indras Hand und ließ sie in ein leeres Plastiktütchen gleiten, das er aus einer seiner Hosentaschen gezogen hatte. Im gleichen Moment setzte die Musik mit ohrenbetäubender Wucht ein, und erst als sie sich daran gewöhnt hatte, konnte Indra den Rhythmus von *Model* ausmachen. Wie man es geschafft hatte, eine Lichtorgel und das Stroboskop hier runter zu bringen, war ihr ein Rätsel. Aber die Wirkung war einfach genial. Es war, als ob die Röhren sich nun um sie herum drehen würden. Indra warf noch einen kurzen Blick auf Snuffy, der sich bereits mit riesig aufgerissenen Augen und extatischem Gesichtsausdruck den Klängen der Technotracks hingab, dann begann auch sie abzutanzen.

***

Jan saß auf dem Sattel seines Mountain Bikes und ließ es vor und zurück rollen. Seine Eltern wussten nun Bescheid, aber wollte er hier überhaupt länger ausharren? Es war inzwischen halb eins. Indra machte Party und er langweilte sich. Vor allem aber hätte er selbst gern einen Blick in den Musiktunnel geworfen. Ob die überhaupt merkten, wenn ein ungeladener Gast erschien? Damit mussten die doch rechnen, dass jeder ankam, der mitkriegte, dass da unten was abging. Entschlossen schob er sein Rad zurück unter einen Baum, wo er es sorgfältig fest kettete. Er überquerte die leere Straße und folgte dem Zaun neben den Baubuden. Hier waren die beiden verschwunden, also mussten sie hier auch irgendwo rein gekommen sein. Er wollte die Hoffnung schon aufgeben, als der Zaun hinter einer Masse gelagertem Gerät plötzlich einen Knick machte. Genau auf Höhe des gelben Krans waren zwei Zaunstücke auseinandergerückt. Mit leicht aufgestellten Nackenhaaren schlüpfte Jan hindurch. Er merkte mal wieder, dass er absolut nicht der Typ für Aktionen war, die den Ruch des Unerlaubten trugen.

Einmal hatte er als Zehnjähriger auf eine Rutsche geschrieben „Christian ist doof", weil er sich über diesen Christian tierisch geärgert hatte. Danach hatte er den ganzen Tag in seinem Kinderzimmer gehockt und gefürchtet, dass die Polizei käme. Erst eine Woche später hatte er zu hoffen gewagt, dass sein schlechtes Gewissen die einzige Strafe für die Schmiererei bleiben würde. Jetzt sah er alles schon etwas lockerer. Er fand den kategorischen Imperativ von Kant gut, zumindest das, was er dafür hielt. So etwa „Tue nichts, von dem du nicht möchtest, dass man es dir tut". Er hatte mit Marco darüber gesprochen, aber der meinte, das hätte seine Oma auch schon immer gesagt „Was du nicht willst, das man dir tu, das füg auch keinem anderen zu", und die Weisheit stamme aus der Bibel. Weiter waren sie in der Diskussion noch nicht gekommen. In Momenten wie jetzt, in denen er etwas Unerlaubtes tat, fragte er sich, wie er sich im umgekehrten Fall verhalten würde. Wäre es ihm egal, wenn ein anderer seine Baustelle betreten würde? Schließlich kam er zu dem Schluss, dass es ihn nicht stören würde, solange niemand was kaputt machte. Mit diesem Gedanken schritt er auf die Grube zu. Er lehnte sich gegen die Sicherheitsabsperrung und schaute hinunter. Aus einer von zwei einander gegenüberliegenden Kanalöffnungen drangen verstümmelte Fetzen elektronischer Musik und ein unregelmäßiger Lichtschein. Er begutachtete das Baugerüst, über das man runter auf den Betongrund gelangen konnte. Niemand konnte ihm verbieten da hinunter zu steigen. Aber was würde Indra sagen, wenn sie ihn entdeckte? So wie sie die letzte Zeit aufgelegt war, würde sie bestimmt ausrasten.

***

Indra wischte sich mit der Hand über die schweißnasse Stirn. „Gibt es hier was zu trinken?", rief sie Snuffy zu.

Der reagierte nicht. Er schien völlig in der Musik aufzugehen. Das hatte Indra bei einem Jungen bisher noch nicht erlebt. Selbst bei Oli nicht, der gefiel sich eher in übertrieben artistischen Verrenkungen, egal zu welcher Musik er sich bewegte.

Sie tanzte bis auf Körperfühlung an Snuffy heran. „Gibt es hier was zu trinken?" schrie sie ihm ins Ohr.

Snuffy riss entsetzt die Augen auf, im ersten Moment hatte Indra das Gefühl, dass er sie nicht einmal erkannte, aber dann schien er die Orientierung wiederzufinden. Mit den Zeigefingern wies er auf seine Ohren und hob die Schultern. Dann lief er Richtung Ausgang. Indra folgte ihm. Erst als sie draußen standen, wurde ihr bewusst, welcher Höllenlärm sie vorher umgeben hatte. Sie rieb sich die Schläfen, um das dumpfe Gefühl im Schädel loszuwerden. Auch Snuffy hatte die Hände vors Gesicht gelegt, rieb mit den Fingerspitzen die Augen und fuhr sich dann mit beiden Händen über die kurzen, braunen Haare, die feucht von seinem Kopf abstanden.

„Was ist denn?", fragte er unwillig

„Gibt es hier was zu trinken?", fragte Indra kleinlaut. So wie Snuffy jetzt aussah, hatte sie das Gefühl einen Schlafwandler geweckt zu haben.

„Weiter durch, bei der Musikanlage stehen die Kästen." Snuffy hatte sich an die Metallwand der Grube gelehnt und ließ sich langsam in die Hocke rutschen. „Bring mir auch was mit."

Indra nickte eifrig. So konnte sie wenigstens wieder gut machen, dass sie Snuffy so unvermittelt aus seinem Trancezustand gerissen hatte. Der musste ja unheimlich sensibel sein, dass er sich so in sich hinein versenken konnte. Sie betrat die Röhre und diesmal wurde ihr beinahe schlecht von der Lautstärke der Musik, in die sie unvermittelt hinein tauchte. Sie kämpfte sich an den tanzenden Leuten vorbei, und hatte das Gefühl sich freiwillig in den brüllenden Schlund eines apokalyptischen Ungeheuers zu begeben. Sie hielt die Hände vor die Ohren und stierte nur auf die Getränkekästen, die wohl den Abschluss des Tanzraums markieren sollten. An der Wand daneben hockten und lehnten einige Leute mit Bierflaschen und schienen sich bei dem Lärm zu unterhalten. Aber das war bestimmt nur ein Spiel, wie Pantomime, denn verstehen konnte man hier sein eigenes Wort nicht mehr. Indra wollte sich gerade wieder den Getränkekästen zuwenden, als es sie wie ein Schlag durchfuhr. Sie konnte es kaum glauben, aber unter den Leuten erkannte sie Oli. Oli, der an der Wand lehnte und einen Arm um die Schulter der schönen Susa gelegt hatte, die mit geschlossenen Augen neben ihm stand. Indra wandte schnell den Kopf ab, und nahm die Getränkekästen ins Visier. Oli hatte sie nicht gesehen und das sollte auch so bleiben. Erleichtert entdeckte Indra neben dem Bier auch Limo und griff nach einer Flasche, als sich ein Arm um sie legte. Erschrocken drehte sie sich um, und erkannte den fremden Blonden von vorhin. Wie betäubt starrte sie in graue Augen, die ganz ähnlich aussahen wie die, die ihr jeden Morgen im Spiegel entgegen schauten. Ob die auch grün oder blau werden konnten, dachte sie verrückter Weise. Im gleichen Moment zog der Typ sie mit einer kräftigen Armbewegung an sich und drückte ihr einen Kuss auf die Lippen, dann stieß er sie weg. Indra hatte Mühe das Gleichgewicht zu halten, und wischte sich mit der freien Hand angeekelt über die Lippen. Dann setzte sie zu einem Sprint an, ohne auf die tanzenden und herumstehenden Jugendlichen zu achten. Sie prallte mit einigen zusammen, denn Ausweichmöglichkeiten nach links oder rechts gab es hier nicht, aber sie wollte nur eins: raus aus diesem Höllenschlund und weg von Oli, Susa und dem Ekel. Sie meinte, schon die frische Luft zu riechen, als sie über ein ausgestrecktes Bein stolperte. Sie schlug der Länge nach hin und hielt nur mit Mühe die Plastikflasche hoch. Wütend rappelte sie sich auf und wandte sich dem Mädchen zu, das auf dem Boden saß und einfach ein Bein in den Gang gestreckt hatte.

„Hey!" schrie sie gegen das Getöse an. Das Mädchen reagierte nicht. Indra fasste sie an der Schulter und schüttelte sie ein wenig. Als sie losließ, kippte das Mädchen zur Seite. Erschrocken trat Indra zurück. Verwirrt fasste sie sich an den Hals und lief dann die letzten drei Meter zum Ausgang. Auf dem Boden der Grube angekommen, schaute sie sich suchend um. Snuffy war nicht dort, wo sie ihn zurückgelassen hatte.

„Snuffy!" rief sie und entdeckte ihn im gleichen Moment an dem Metallturm. Sie hastete hinüber. „Snuffy, da drin sitzt ein Mädchen, das sich nicht mehr rührt."

Er sah sie verständnislos an und griff nach der Limoflasche. Ungeduldig sah Indra zu, wie er sich beinahe den ganzen Liter die Kehle runter rinnen ließ.

„Jetzt geht's schon besser", meinte er und fuhr sich mit der Hand über die Lippen, was Indra an den ekligen Kuss erinnerte. Sie nahm Snuffy die Flasche aus der Hand und trank den müden Rest.

„Der blonde Typ, wer ist das?" fragte sie dann.

„Welcher blonde Typ?"

„Der, der scheinbar zu bestimmen hat. Er kam mit den beiden, die dich an der Bahn verhauen haben. Dieser Idiot! Als ich die Limo geholt habe, hat er mir mit ekelhaft kalten Lippen einen Kuss auf den Mund gedrückt."

Snuffy sah sie ungläubig an. „Das ist Zeck. Der spinnt ja wirklich im Moment. Sei nicht sauer. Der ist sonst wirklich in Ordnung."

„In Ordnung! Dass ich nicht lache. Ich hasse so was." Indra konnte Snuffys Haltung nicht begreifen. „Und was ist mit dem Mädchen?"

„Welchem Mädchen?"

„Das sich nicht bewegt." Indra wurde ungeduldig bei soviel

Begriffsstutzigkeit.

Snuffy schüttelte gleichgültig den Kopf. „Die hat sich einfach überanstrengt. Die erholt sich schon wieder."

Indra wurde es zuviel. „Weißt du was, ich will weg hier."

Snuffy sah sie an und strich sich über das Gesicht. „Okay", antwortete er zu ihrer Überraschung.

7

Interessiert blickte Jan nach unten. Er hatte noch mächtig mit sich im Kampf gelegen, ob er nun hinuntersteigen sollte oder nicht, als das Kanalrohr plötzlich Indra und ihren Begleiter ausspuckte. Sie redeten was und dann verschwand Indra wieder im Inneren der Röhre. Der Typ erhob sich mühsam und ging ein paar Schritte. An dem Metallgerüst mit der Leiter blieb er stehen und legte die Hände auf einen der unteren Holme. Ihm schien schlecht zu sein. Nach kurzer Zeit erschien Indra wieder mit einer Flasche in der Hand. „Snuffy", hörte Jan sie rufen, dann hatte sie ihn entdeckt. Einzelne Wortfetzen drangen zu ihm hoch, was sie bequatschten, konnte er nicht verstehen.

Jan wunderte sich. Es war Nacht, aus der Röhre drang nur ein schlapper Lichtschein und trotzdem konnte er erkennen, was da unten vorging. Er hob den Kopf und guckte genau in den Mond, dem zwar noch ein Stück zur runden Vollendung fehlte, dessen riesige, angeschnittene Scheibe aber trotzdem alles in ein milchiges Licht tauchte. Er schien genau über der Grube zu hängen und ebenso neugierig wie Jan einen Blick hinein zu werfen. Wie gut, dass noch nicht Vollmond war, sonst müsste man sich auch noch vor Werwölfen in Acht nehmen.

Der leise Widerhall, den Schuhsohlen auf einer Metallleiter erzeugten, riss Jan aus seinen beschaulichen Gedanken. Wenn Indra ihn hier entdeckte! Bis zum offenen Zaunstück war es zu weit. Schnell lief er das kürzere Stück zu den Baubuden und drückte sich in einem Durchgang eng an die Wand. Er wagte einen Blick auf den Bauplatz. Tatsächlich, es waren offensichtlich Indra und ihre Neuentdeckung, die den Weg zum Ausgang nahmen. Als ihre Umrisse immer undeutlicher wurden, schlich er ihnen nach. Sie gingen ziemlich langsam, denn als er das Baugelände verließ, hörte er nicht weit entfernt ihre Stimmen. Vorsichtig bahnte er sich den Weg. Wenn er alles so gut sehen konnte, würden sie ihn auch entdecken können, wenn er nicht vorsichtig war. Aber vermutlich würden sie ihn nur für einen fremden Partygast halten. Das würde Indra hundertprozentig nicht für möglich halten, dass er sich hier herumtrieb. Er wusste nicht genau warum, aber wenn er mit ihr sprach, vermittelte sie ihm immer das Gefühl, dass sie ihn nicht ganz für voll nahm. So wie die älteren Schüler manchmal die Frischlinge behandelten. Freundlich, aber gönnerhaft. Beinahe wütend beobachtete Jan, wie die beiden Indras Rad losschlossen. Aber nach Hause wollte Indra offensichtlich noch immer nicht. Denn statt den Militärring zurückzufahren, nahmen sie die kleinere Straße stadteinwärts. Jan trabte zu seinem Rad und löste die Kette vom Baum. Er wollte nur noch gucken, wo die jetzt wieder hingingen, dann würde er nach Hause düsen und Indra könnte ihn endgültig.

Langsam rollte er hinter den beiden einsamen Gestalten her. Da sie zu Fuß gingen, gab er dem Rad nur hin und wieder Schwung. Schillingsrotter Weg. Hierhin hatte er sich selten verirrt. Meistens war er nur den Bayenthalgürtel runter zum Rhein. Oder mit seinem Vater im Auto die Militärring Straße runter zum Verteilerkreis oder weiter und dann rechts rüber nach Rodenkirchen.

Mist, jetzt verschwanden sie in einem Parkweg. Nach einer kurzen Schrecksekunde folgte er ihnen entschlossen. Gott sei Dank dauerte es nur ein paar Minuten, die er beinahe blind fuhr, bis sie schon wieder in das hellere Licht einer Straße traten. Der dicke Bau links konnte eigentlich nur eine Kirche oder sowas sein. An der nächsten Kreuzung bogen die beiden nach rechts ab. Jan preschte vor und wagte einen Blick um die Ecke. Nur dreißig, vierzig Meter von ihm waren Indra und ihr Begleiter stehengeblieben. Der Typ suchte was in seiner Tasche und kurz darauf verschwanden sie von der Bildfläche. Jan stieß ärgerlich die Luft aus. „... und liebte ein Mädchen auf dem Mars, das war's!"

***

Indra sog die milde Nachtluft ein. Langsam ging es ihr wieder besser. War ja voll ekelhaft der Kuss von diesem Zeck, und dann noch das Mädchen. Hätte so eine coole Party sein können, ohne die fertigen Typen. Diese Röhre war einfach abgefahren. Sie sah zu Snuffy hinüber, der schweigend neben ihr hertaperte. Er wollte noch sein Rad holen. Indra wunderte sich, dass er sie an der Berrenrather getroffen hatte, wo er doch hier ganz in der Nähe wohnte. Sie waren durch einen kleinen Park marschiert, als Snuffy nach rechts einbog und an einer breiten Toreinfahrt stehen blieb. Er angelte eine Karte aus einer seiner vielen Hosentaschen, steckte sie in einen Schlitz am Mauerpfeiler und das weiße Tor glitt geräuschlos zurück. Indra rührte sich nicht.

„Komm schon." Ohne sich umzudrehen folgte Snuffy einer Auffahrt durch die gepflegte Grünanlage. Zwischen Büschen und Bäumen befanden sich Lichtquellen, die das Licht- und Schattenspiel der Pflanzen hervorhoben, und mitten in dem kunstvoll gestalteten Grün räkelte sich ein langgestreckter, heller Bau, dessen Fenster jeden Ankömmling mit spöttischem Blick zu begutachten schienen. Aber vielleicht machte das nur das Mondlicht, das sich in den blanken Scheiben widerspiegelte, dachte Indra.

„Das ist ...", sie hatte einen Frosch im Hals und musste sich räuspern, „das ist dein Zuhause?"

„Wie man 's nimmt. Hier wohnen meine Eltern, wenn sie mal da sind. Ich bin meistens bei meinem Bruder."

Snuffy bewegte sich in der Umgebung, als sei sie gar nicht der Beachtung wert. Während Indra sich aufmerksam umblickte, lief er zielstrebig auf einen niedrigeren Anbau zu, in dem sich offenbar gleich drei Einstellplätze für Autos befanden. Er benutzte wieder die Karte und das Tor links schwenkte geräuschlos nach oben. Indra war beeindruckt, bei ihnen zu Hause schabten und quietschten die Türen, vor allem das Garagentor.

Snuffy verschwand in der Garage und kam mit einem ziemlich neu aussehenden Rad wieder raus. Das hätte Sven gefallen. Es war so ein amerikanisches Sechziger-Jahre Teil.

„Sieht ja kaum benutzt aus."

Snuffy schloss die Garage. „Ist ja auch hinderlich, ein eigenes Rad. Musste dann immer mitschleppen. Meistens nehm' ich irgendeines vom Straßenrand und lass' es stehen, wenn ich angekommen bin."

„Das ist nicht dein Ernst!" Snuffy wollte sie bestimmt nur auf den Arm nehmen. Das alles hier stank regelrecht nach Geld und er machte mit bei dem bescheuerten Räderklau.

Snuffy sah Indra überrascht an. „Macht' doch jeder, oder?"

„Also ich nicht", gab Indra im Brustton der Überzeugung zurück. „Und ich wär' auch total sauer, wenn sich irgend so ein Idiot an meinem Rad vergreifen würde."

„Dann ist ja gut, dass ich heute mein eigenes geholt hab', sonst hättest du mich bestimmt ausgeschimpft."

Indra ging nicht auf seine ironische Bemerkung ein. „Und wieso wohnst du nicht bei deinen Eltern?"

„Ganz schön neugierig, was?" grinste Snuffy. Plötzlich schmiss er das Rad auf den weißen Kies und setzte sich auf den Boden. Indra sah verständnislos auf ihn hinunter.

„Mann, ich fühl mich total ausgelutscht. Vielleicht sollte ich heute Nacht lieber hier bleiben." Er sah Indra an. „Was ist mit dir? Alleine hab' ich keinen Bock."

Indra hatte ein komisches Gefühl in der Magengrube. Seit Esther weggezogen war, hatte sie eigentlich gar nicht mehr bei Freunden geschlafen. Und mit einem Fremden Party machen, war auch noch was anderes, als bei ihm zu übernachten. Etwas ratlos hob sie die Schultern. Jetzt alleine nach Hause zu radeln, war auch nicht gerade verlockend.

Snuffy lachte etwas hohl. „Hast du etwa Schiss vor mir?"

„Eigentlich nicht", antwortete sie zögernd.

„Na, also. Komm. Ich zeig dir das Telefon. Wenn du meinst, es wird gefährlich, wähle 110. Wirklich du. Ich bin einfach nicht gerne allein." Mühsam rappelte Snuffy sich auf.

Indra beobachtete ihn. Ja, genauso kam er ihr vor. Wie ein unausgeschlafener, blasser Junge, der Angst vor dem Alleinsein hatte. Sie konnte ihn gut verstehen. Schließlich war sie auch alleine. Ohne Oli und mit Eltern, auf die sie nicht mehr zählen wollte. Nur wenn sie an Sven dachte, erschien plötzlich dieser Donald Duck mit Heiligenschein. Seit je her hatte sie das Gefühl, dass irgendwelche Kräfte sie hin und her zerrten. Wenn sie etwas nur für sich tat, war das böse? Wenn sie an die anderen dachte, auch wenn sie noch so idiotisch waren, war das gut? Irgendwann war ihr einer von Svens geliebten Comics in die Hände gefallen. Da war Donald Duck mit sich im Kampf. Wenn er alle Gewissensbisse wegschieben wollte, schwebte ein Donald-Kopf mit Teufelshörnchen über ihm, der sich freute. Aber dann kam der Donald-Kopf mit Heiligenschein und stritt mit dem Teufelchen. Das war ihr eine große Hilfe gewesen. Statt ständig zu bewerten, ließ sie bei ihren Entschlüssen manchmal dem Teufelchen und manchmal dem Engelchen Vorrang. So kamen weder sie, noch die anderen zu kurz. Irgendwann hatte sie mal Esther von ihrem System erzählt. Aber die hatte gemeint, das wäre ihr zu kompliziert. Sie würde durchdrehen mit den vielen Engelchen und Teufelchen in der Birne, und Indra sollte es doch lieber ihr, Esther, erzählen, wenn sie zu keiner Entscheidung käme. Das hatte Indra dann auch gemacht, aber seit Esther weg war, drängelten sich hin und wieder die Bilder von Engelchen und Teufelchen in ihren Kopf. Wie heute, da rieb sich das Teufelchen die Hände, wenn sie an Oli oder ihre Eltern dachte, aber bei Sven, da sah sie so einen traurig guckenden Donald mit Heiligenschein.

„Was ist denn jetzt?" Snuffy hatte sein Rad inzwischen Richtung Haus geschoben.

Indra schob mit ihrem hinterher. Zwei Teufelchen, da hatte

das Engelchen diesmal nichts zu kamellen. Sie würde gleich morgen früh zu Hause anrufen. Ihre Mutter machte am Wochenende um neun Uhr Frühstück, das ihr Vater jedoch regelmäßig ausfallen ließ. Diese Vorstellung festigte ihren Entschluss.

8

Snuffy blinzelte und versuchte sich zu orientieren. Oh Mann, er war ja in der Hütte seiner Eltern geblieben. Er zog die Knie an und starrte nun auf Han Solos Gesicht, das ihm freundlich lächelnd von der Bettdecke entgegen blickte. Seine Mutter war immer darauf bedacht gewesen, ihm alle Herzenswünsche zu erfüllen. Das Bettzeug stammte noch aus seiner StarWars-Hoch-Zeit. Da hatte er mit ein paar Kumpeln vom APG die Episoden IV, V und VI so oft auf Video durchlaufen lassen, dass sie sie auswendig kannten. Die Trödelmärkte hatten sie nach den Originalfiguren durchforstet. Er betrachtete seine Sammlung in der polierten Glasvitrine. Warum hatte er dieses aufgeregt, freudige Gefühl nicht mehr, wenn er Luke Skywalker und seine Mannschaft jetzt betrachtete? Er erinnerte sich noch deutlich an den Stolz, den er früher empfunden hatte, aber der Stolz selbst war verschwunden.

Sein Zimmer war wie immer aufgeräumt und sauber. Frau Nickels putzte es auch, wenn er tagelang nicht da war. Sein Blick blieb am Sofa der Sitzecke hängen. Irgendwas stimmte nicht. Statt ordentlich gefaltet lag die kornblumenblaue Wolldecke in hügeligen Knautschzonen. An der einen Lehne lugte ein Büschel hellbrauner Haare unter der Decke hervor. Indra! Er hatte völlig vergessen, dass sie mit zu ihm gekommen war. Mit einem Ruck setzte er sich auf. Aber gleich darauf stützte er das Kinn auf seine Hände, weil kleine weiße Sternchen aus allen Richtungen auf ihn zustürzten. Seine plötzliche Bewegung hatte wohl auch Indra geweckt. Langsam schob sich die Decke von ihrem Gesicht und man sah ihren Augen genau an, dass sie erst auch nicht wusste, wo sie sich befand. Sie guckte ganz verschwommen und setzte sich langsam auf. Genau wie er hatte sie in ihren Klamotten geschlafen. Nur die Sweat Shirts und Turnschuhe lagen in der Zimmermitte auf dem

Boden. Sie wirkten in dem sonst perfekt aufgeräumten Zimmer wie von Künstlerhand hindrappiert.

Ihre Blicke trafen sich. Verlegen grinsten sie sich an. Plötzlich sprang Indra auf. „Wie spät ist es?"

Snuffy wies mit dem Kinn auf die Delphinuhr, die auf seinem Glasschreibtisch tickte. Indra tappte hinüber und musterte den kleinen Delphin im Rettungsring, der über einer Uhr in blauem Wasser die Sekunden abschwamm.

„Schon zehn", rief sie entsetzt. Ihr Blick fiel auf das Telephon neben der Schreibtischunterlage.

„Kann ich?"

„Klar."

Sie nahm den Hörer aus der Station und tippte die Nummer ein. Mit gerunzelter Stirn lauschte sie. „Hallo, Sven", rief sie erleichtert, kam aber dann einige Zeit überhaupt nicht zu Wort.

„Nein, nein es ist alles in Ordnung. Du hast nichts gesagt? Dann gib mir mal Mama."

„Mama?... Ja, tut mir Leid, du weißt doch, dass ich morgens öfter Mal rausfahre. Ich hab' mich total verkalkuliert. Ich bin jetzt am Rhein. Spätestens in einer Stunde bin ich zu Hause... Okay." Langsam ließ Indra den Hörer in die Fassung gleiten.

Snuffy lachte. „Was hast du da für einen Stuss erzählt? ‚Ich bin jetzt am Rhein...'"

„Meinst du, ich binde ihr auf die Nase, dass ich bei einem völlig fremden Knaben übernachtete habe? Ihr hat doch schon gereicht, dass ich ständig mit Oli herumgezogen bin, und der ist ein Klassenkamerad."

„Und das nimmt sie dir ab, dass du jetzt am Rhein bist?"

Indra nickte. „Im Sommer bin ich oft schon vor dem Frühstück draußen. Joggen oder Radfahren oder so."

Snuffy schüttelte den Kopf. „Du bist ja plemplem."

„Wenn du meinst. Gibt es hier ein Bad?"

„Nein, wir gehen zum Waschen immer an den Rhein runter." Snuffy gluckste.

„Sei nicht albern!"

„Erste Tür links, Gnädigste." Indra hob ihr Sweat Shirt vom Boden auf und schmiss es nach Snuffy. „Idiot", sagte sie und verließ das Zimmer.

Snuffy sah hinter ihr her. Eigentlich hatte er Indra nur angequatscht, um Zeck zu beruhigen. Aber irgendwie fand er ihre Gegenwart angenehm. Er zog das Plastiktütchen aus der Hosentasche und starrte die gelben Pillchen mit den eingestanzten Ernies an. Ohne Indra hätte er gestern Nacht bestimmt noch eine eingeworfen, er hatte sich so beschissen gefühlt. Sonst schlief er immer tierisch schlecht, besser gesagt überhaupt nicht, bevor er nicht irgendwas zur Beruhigung genommen hatte. Meist machte er die Partynächte einfach durch. Aber Indra mit ihrem Gemeckere hatte ihn ganz aus dem normalen Rhythmus gebracht. Was hatte sie noch Bescheuertes gesagt? Ach ja, Zeck hätte sie abgeknutscht. Snuffy warf das Tütchen auf die Glasplatte des kleinen Tisches. Abartig. So' n Scheiß war unter Zecks Würde. Obwohl Indra das erste Mädchen war, dass sich darüber aufregte vom großen Zeck geküsst worden zu sein. Sie war sowieso komisch. Raste frühmorgens durch die Gegend, wenn sich normale Menschen ins Bett fallen ließen. Aber vielleicht war sie ja von einem anderen Stern. Allein, dass er letzte Nacht so einfach eingepennt war. Indras Anwesenheit wirkte wie ein Beruhigungsmittel. Voll verrückt.

***

Indra betrachtete sich im Spiegel. Nach dem edlen Treppenhaus und Snuffys Zimmer wunderte sie sich nicht mehr über das Riesenbad. Sie nahm etwas Zahnpasta auf den Zeigefinger und fuhr sich damit durch den Mund. Dann spritzte sie sich eine Riesenladung Wasser ins Gesicht und rubbelte es kräftig mit einem der parat liegenden, flauschigen Frotteetüchern ab. Dass dabei schwarze

Streifen Wimperntusche auf dem hellgelben Frottee zurückblieben war ihr peinlich, aber es bedrückte sie nicht. Dieses Haus kam ihr sowieso unwirklich vor. Was machte da ein bisschen Wimperntusche auf einem Handtuch? Sie ging zum Fenster hinüber, und wie nicht anders erwartet, schaute sie auf einen Swimmingpool, dessen Wasser aussah, als sei es gerade eingelassen worden. Dies war ein Geisterhaus. Nicht so wie sie es sich ursprünglich vorstellte: düster und abgerissen mit knarrenden Türen. Nein, steril und aufgeräumt, so als legten sich alle Dinge nach Gebrauch von selbst wieder auf ihren Platz zurück, nach Selbstreinigung natürlich. Sie drehte den Kopf. Na, Gott sei Dank, das gebrauchte Handtuch lag noch so, wie sie es über die glänzende Stange gehängt hatte. Wahrscheinlich war alles eine Fata Morgana. Dass Snuffy hier nicht wohnte, sprach auch dafür. Es war eins von diesen Häusern, die wie mit Aladins Wunderlampe an jedem Ort entstehen und wieder weg gezaubert werden konnten. Aber der blasse Snuffy war sicher kein Aladin. Indra ging wieder zum Spiegel hinüber. Der war bestimmt aus Kristall oder so, der funkelte ganz anders als die Spiegel bei ihr zu Hause. Der hier hatte so einen satten, selbstzufriedenen Glanz. Sie fuhr sich mit allen zehn Fingern durch die Haare, so dass sie lustig in die Höhe standen. Dann zog sie eine Grimasse und streckte sich selbst die Zunge raus. Zu Hause war absolut nicht der Hit. Sie musste sich überlegen, was sie als nächstes tat. Aber an einem Ort wie diesem würde sie hundertprozentig das bisschen Verstand verlieren, das ihr noch zur Verfügung stand. Entschlossen drehte sie sich zur Tür. Sie musste vor allem hier weg.

***

Snuffy stand vor dem Kleiderschrank, als sie sein Zimmer betrat.

Indra ließ sich auf dem Boden nieder und schlüpfte in ihre

Turnschuhe. „Ich fahr' jetzt nach Hause", verkündete sie bestimmt.

„Wenn du ein paar Minuten wartest, komme ich mit. Ich dusche nur kurz und zieh' mir frische Sachen an, wo ich gerade hier bin." Snuffy hatte ein paar Klamotten über den Arm gelegt.

„Aber beeil' dich."

Indra sah Snuffy nach und schüttelte den Kopf. Wie fremd Snuffy hier wirkte. Duschen, Klamotten wechseln. Ganz anders als in seiner Desorientiertheit an der Schule und im Café. Hier gab er so richtig das Bild eines wohlerzogenen, höheren Sohnes ab. Sie stand auf und klaubte ihr Sweatshirt von Snuffys Bett, auf dem es gelandet war, nachdem sie es ihm an den Kopf geschmissen hatte. Sie band es mit den Ärmeln um ihren Bauch und spazierte durchs Zimmer. Ihr Blick fiel auf das Plastiktütchen, das eben noch nicht auf dem Glastisch gelegen hatte. „Nimm eine", hatte Snuffy gesagt. Hat sich angehört, als ob er ihr Drops oder so was angeboten hätte. Nachdenklich nahm sie das Tütchen auf und drehte es zwischen den Fingern. Sie betrachtete die eingestanzten Bildchen auf den Pillen. Könnten echt Kinderbonbons sein. Ganz schön raffiniert, um den Leuten vorzugaukeln, sie nähmen ein harmloses Leckerchen. Indra seufzte. Sie war nach Olis Meinung zwar noch Baby, aber es war selbst ihr klar, dass es sich hier um zwei Exemplare von *E* handelte. Außer es waren Placebos, aber damit hätte man sich auf so einem abgefahrenen Rave sicher nicht abgegeben.

„Willst du?" Snuffy kam mit noch feuchten Haaren ins Zimmer. Das Duschbad hatte einen rosa Schimmer über sein sonst so fahles Gesicht gelegt.

„Bestimmt nicht", antwortete Indra.

„Was ist da so schlimm dran? Turnt echt an."

„Das heißt, sonst bist du nicht gut drauf."

„Quatsch...", Snuffy kam etwas ins Schleudern, „gibt nur noch'n Kick zusätzlich. Bist leistungsfähiger, wirst nicht so schnell müde..."

64

„Dafür kamst du mir heute Nacht aber ziemlich abge-schlafft vor."

Darauf wusste Snuffy nicht zu antworten. Das hatte er selbst schon gemerkt, dass seine schlechten Filme immer häufiger wurden. Trotzdem: Indra hatte doch keine Ahnung. Was Zeck sagte, war immer richtig gewesen. Gegen den kriegte Indra keine Schnitte. Er nahm ihr das Tütchen aus der Hand und ging zum Schreibtisch. Mit einer Schere halbierte er die Folie säuberlich. Dann verklebte er die Hälften mit Tesaband. Eine Pille steckte er in seine Hosentasche, die andere brachte er Indra.

„Du hast gestern bezahlt, eigentlich gehören beide dir. Aber ist doch okay, wenn ich eine behalte, oder?" Er bedachte In-dra mit einem treuherzigen Blick.

„Idiot", murmelte Indra. Nahm aber das halbe Tütchen. Und wenn es nur dazu führte, dass Snuffy das Teil nicht nahm.

„Jetzt muss ich aber los." Sie wandte sich zur Tür und mar-schierte schnurstracks hinaus.

„Warte doch", Snuffy rannte hinter ihr her.

Gerade als sie von der geschwungenen Treppe auf den gewienerten Boden traten, sprang die Haustür auf und eine Frau trat ein. Sie stellte zwei Taschen auf dem Boden ab und schloss die Tür sorgfältig. Erst dann bemerkte sie Snuffy und Indra.

„Na so was", kiekste sie erstaunt, „du mal wieder hier?" Ihre kleinen, fast schwarzen Augen suchten Snuffys Blick. Der wandte verlegen das Gesicht ab.

„Ist nur 'ne Ausnahme", murmelte er. „Wir wollten gerade gehen."

„Ach komm, hilf mir die Sachen in die Küche zu tragen. Ist doch schon beinahe elf. Ihr könntet zum Essen bleiben, du und deine Freundin." Ein prüfender Blick traf Indra.

„Nein", Snuffys Stimme klang ungewöhnlich harsch. „In-dra muß nach Hause. Ich helfe Ihnen noch beim Tragen."

Mit ein paar Schritten war er bei den Taschen und nahm sie auf. „Warte", wies er Indra an und verschwand in den hinteren Teil des Hauses. Die Frau nickte ihr kurz zu und folgte Snuffy. Die Haare hatte sie zu einem albernen kleinen Knoten zusammengequetscht. Indra sah den beiden verwirrt nach. Komischer Auftritt, dachte sie, als Snuffy schon wieder zurückkehrte.

Er riss die Haustür auf. „Komm", rief er und Indra beeilte sich ihm zu folgen.

Der blaue Himmel und die Sonne tauchten den weißen Kies und die Grünanlage in ein Licht, das die Kontraste besonders hervorhob. Indra hielt den Atem an. Dann griff sie schnell nach ihrem Rad. In was für eine Welt war sie hier über Nacht hineingeraten? Sie stürmte den Weg hinunter und wartete erst am Tor auf Snuffy.

„Mensch, du rast, als wäre jemand hinter dir her."

„Na und, eben hattest du es doch noch so eilig hier wegzukommen."

Diesmal drückte Snuffy nur die Klinke einer kleinen weißen Tür, die sich gleich neben einem der gemauerten Pfeiler befand, die das große Tor begrenzten.

Als sie auf der Straße standen, atmete sie auf. Ohne ein Wort radelten sie die Goethe Straße entlang. Erst als sie auf den Bayenthalgürtel einbogen, brach Indra das Schweigen.

„Wer war die Frau?"

„Frau Nickels, unsere Haushälterin."

„Und wo sind deine Eltern?"

„Auf Geschäftsreise."

„Beide?"

Snuffy nickte abwesend. „Meine Mutter begleitet meinen Vater, seit ich aufs Gymnasium gehe. Ins Internat wollte ich nicht, und wegen Frau Nickels brauchte ich auch nicht. Die kümmert sich ja ums Essen, Wäsche und so."

„Kommen deine Eltern heute wieder?"

„Wieso?" Snuffy hörte erstaunt auf zu trampeln.

„Na, wegen der riesigen Einkaufstaschen."

„Ach, das. " Snuffy trat wieder in die Pedalen. „Das hat

nichts zu bedeuten. Frau Nickels ist angewiesen, das Haus jederzeit empfangsbereit zu halten."

„Und warum bleibst du nicht da? Frau Nickels scheint doch ganz fürsorglich."

Snuffy schnaubte verächtlich durch die Nase. „Das scheint sie wirklich. Als ich kleiner war, fand ich das auch ganz schön. Aber später hab ich gemerkt, dass sie die absolute Schleimerin ist. Sie bekommt von meinen Eltern ein Heidengeld für den Job, damit sie auch ein bisschen Mami für mich spielt. Aber eigentlich ist der doch alles egal. Hauptsache, die Bude glänzt und die Kasse stimmt. Jetzt hat sie natürlich Horror, dass sie mich beim nächsten Mal nicht meinen Eltern vorführen kann. Erstens bin ich pappen geblieben, und zweitens bin ich nach den Ferien noch nicht in der Schule gewesen. Das wird einen Aufstand geben."

Indra sah Snuffy von der Seite an. Er schien sich richtig darauf zu freuen.

„Das Problem ist nur, dass Zeck auch Ärger bekommen wird." Snuffys Gesicht verlor etwas von seiner frischen Duschfarbe.

„Zeck? Wieso denn das?" Indra konnte sich beim besten Willen nicht erklären, was der Ekeltyp von letzter Nacht mit Snuffys häuslichen Problemen zu tun haben sollte.

„Na hör mal, als älterer Bruder. Er kriegt einen Extrascheck dafür, dass ich bei ihm wohne, wenn ich es bei Frau Nickels nicht aushalte, also werden Mum und Dad auch ihm was von der Verantwortung zuschustern."

Indra blieb der Mund offen stehen. Zeck, dieses Arschloch, Snuffys Bruder. Jetzt wurde ihr so manches klar.

„Aber ich will nicht, dass die Zeck die Schuld zuschieben", schrie Snuffy plötzlich.

Indra wartete auf eine Fortsetzung des Ausbruchs, aber es kam nichts mehr. Sie hatten gerade die Bonner Straße überquert, als Snuffy sich mächtig ins Zeug legte.

„Du findest den Weg doch alleine, oder?" rief er Indra noch

zu.

Sie nickte nur und starrte ihm hinterher, als er sich mit Höchstgeschwindigkeit entfernte. Betroffen fragte sie sich, ob das wirklich Tränen gewesen waren, die sie auf seinem Gesicht gesehen hatte, oder ob ihm nur durch den Fahrtwind die Augen feucht geworden waren.

9

Jan rüttelte und schüttelte an der Schublade, bis sie mit einem Mal herausschoß und ihm vor die Füße krachte. „Shit!" fluchte er und ließ sich im Schneidersitz daneben fallen. Ziellos wühlte er in den Papieren und Fotos, als es an der Tür klopfte.

„Ja?", rief er unwirsch.

Sein Vater schob sich durch den Türspalt und sah auf die Schublade am Boden. „War das der Krabumms von eben?"

Jan nickte nur.

Sein Vater hockte sich neben ihn. „Hör mal, Jan, ich weiß ja, dass man in deinem Alter am liebsten mit Freunden unterwegs ist, aber Mama und ich würden auch gern mal wieder einen Ausflug mit dir machen."

Jan musterte seinen Vater. Wie er da so hockte. In Jeans und Hemd. Mit einem kleinen Bauchansatz und dünner werdendem Haupthaar. Die Verlässlichkeit in Person. Jan konnte sich nicht an eine Situation erinnern, in der er seinen Vater vergeblich um Hilfe gebeten hätte. Nur damals, das mit der Rutsche, hatte er ihm nicht anvertraut. Er unterdrückte den Wunsch, ihm die Arme um den Hals zu legen und einen Kuss auf die meist etwas stoppeligen Wangen zu drücken. Der Bart spross bei ihm in so einem Tempo, dass Jan sich schon oft gefragt hatte, warum er sich nicht einfach einen Vollbart wachsen ließ. Aber nein, stattdessen rasierte er sich sogar abends ein zweites Mal, wenn er mit Mama ausgehen wollte. Nur einen Schnurrbart ließ er stehen.

„Also, was meinst du?" Herr Berger wartete immer noch auf eine Antwort. „Eine Radtour oder eine Bootsfahrt den Rhein runter vielleicht?"

Jan hob unentschlossen die Schultern. Früher hatte er diese Ausflüge geliebt. Aber dann war er lieber mit Indra, Esther und

Marco losgezogen. Manchmal hatten seine Eltern seine drei Freunde auch mitgenommen. Er seufzte.

„Sag mal, Jan, bedrückt dich irgendwas?"

Jan schüttelte den Kopf. „Überhaupt nicht, Papa, mir geht es gut."

Dass er so sinnlos in Indra verliebt war, wollte er lieber nicht erzählen. Die Erwachsenen hatten dann immer so abgeklärte Sprüche drauf, wie: ‚A liebt B, B liebt C und C liebt A. So geht das oft, aber irgendwann findet jeder Topf sein Deckelchen'. Das hatte ihm mal seine Mutter gesagt, als er ganz unauffällig gefragt hatte, warum eine Person, in die man total verknallt ist, einen nicht automatisch zurück liebt.

Er seufzte noch einmal. Das Angebot von seinem Vater war gut gemeint, in letzter Zeit hatten sie wirklich wenig zusammen gemacht. Aber im Moment ging ihm echt anderes im Kopf herum. Was hatte sich wohl hinter den pompösen Mauern in Marienburg abgespielt? War Indra überhaupt schon nach Hause gekommen? Und vor allem, hatte es überhaupt noch Zweck hinter ihr her zu rennen?

„Also Jan, was ist jetzt. Können wir morgen mit dir rechnen?"

Jan schüttelte wieder den Kopf. „Nee, Papa, tut mir leid. Ich muss erst noch was regeln."

Sein Vater stand auf. „Na, gut. Aber ich hoffe doch, du hältst dich an unsere alte Abmachung? Mit ernsten Problemen kommst du zu uns."

Diesmal nickte Jan. „Klaro. Aber es liegt echt nichts an."

„Mama wird etwas enttäuscht sein." Herr Berger zog den Bauch ein und ließ seine Armmuskeln spielen. „Aber dann muss sie eben mit mir vorlieb nehmen."

Jan grinste. „Tja, Papa, wird nicht leicht für dich sein, mich zu ersetzen."

Sein Vater verpasste ihm eine leichte Kopfnuss und verließ das Zimmer. „Von wegen", brummte er im Hinausgehen.

Jan guckte wieder in die Schublade und zog ein Foto heraus. Da waren sie am Decksteiner Weiher gewesen und Marco hatte seine Kommunionskamera ausprobiert. Sie hatten ein junges Mädchen gebeten, sie zu fotografieren, damit sie auch mal alle vier auf einem Bild waren. Er stand auf und ohne genau zu wissen warum, legte er das Foto mit den vier lachenden und Grimassen schneidenden Kindern auf seinen Schreibtisch. Danach mühte er sich ab, die widerspenstige Schublade zurück in ihr Fach zu manövrieren. Als es endlich geschafft war, gab er ihr noch einen abschließenden Stubser. „Wo ein Wille ist, ist auch ein Weg", knurrte er das Möbel an. Er richtete sich auf und ging wie gewohnt zum Fenster. Immer, wenn er eine Tätigkeit abgeschlossen hatte, guckte er auf das Haus der Küsters. Auch wenn Indra gar nicht zu erwarten war. Einfach so, um nachzudenken. In letzter Zeit schien er aber eine Antenne für Indras Nähe zu haben. Denn genau wie gestern Nachmittag und letzte Nacht tauchte sie auch jetzt wieder auf. Diesmal schob sie ihr Rad in den Weg vor die Haustür und schloss es ab. Sie hatte noch die Klamotten von letzter Nacht an. Jan schluckte. Sie war also bei diesem Schicki-Schnösel geblieben.

***

Indra schmiss den Schlüssel auf die Ablage im Flur und lauschte. Hier unten war nichts zu hören. Vermutlich waren die Eltern einkaufen gefahren. Egal wie ihr Vater sich am Samstagmorgen fühlte, die obligatorische Einkaufstour ließ er sich selten nehmen. Schien eine der wenigen Freuden seines Lebens zu sein. Auf der anderen Seite musste er natürlich aufpassen, dass die richtigen Schnapsflaschen im Einkaufswagen landeten.

Sie lief die Treppe hinauf in ihr Zimmer und schloss die Tür hinter sich. Langsam ging sie zur Balkontür. Eigentlich hatte sie das schönste Zimmer im Haus. Sven hatte sich schon öfter beschwert, dass Indra einen kleinen Balkon und dazu noch ein Geheimfach hatte. Der Tresor in der Wand stammte aus der Zeit der Großeltern. Damals hatten drei Generationen im Haus gelebt. Hier oben war das Wohnzimmer der Uroma gewesen, die diesen Wandtresor besessen hatte, in dem Indra jetzt ihre geheimsten Schätze versteckte. Indra zog das Tütchen mit der gelben Pille aus der Hosentasche, als es an der Tür klopfte. Ehe sie etwas gesagt hatte, trat Sven ein. Unauffällig ließ sie das Plastiktütchen wieder in der Tasche verschwinden.

„Indra!" rief er und stürzte auf sie zu. Er umarmte sie stürmisch und fiel mit ihr aufs Bett. Indra machte sich unwillig frei, musste aber trotzdem lachen.

„Mensch, spinnst du?"

Sven setzte sich auf. „Nee, ich bin nur froh, dass du wieder da bist. Ist hier doch sonst das reinste Totenhaus. Mama schleicht total bedrückt herum, und Papa..., na, du weißt schon."

„...na, du weißt schon..." Indra sah Sven nachdenklich an. Er war auch nicht mehr das kleine Brüderchen, das nichts mitkriegte.

„Mit dir kann man wenigstens reden, ohne dass man gleich seinen Depri schieben muss." Sven zog die Knie an und stützte sein Kinn darauf. „Hast du eigentlich eine Ahnung von den Kölner Abwasserkanälen?"

Indra schluckte. Sie merkte genau, dass sie knallrot wurde, denn ihr Gesicht brannte. Sie hatte Sven doch gar nicht erzählt, wo sie hingegangen war. Wie kam der bloß darauf? Sie räusperte sich. „Was meinst du?"

„Na, das unterirdische Kanalsystem."

„Ich versteh nur Bahnhof." Indra hatte nicht vor irgendwas zuzugeben, bevor Sven ausgespuckt hatte, was er wusste.

„Ach, ist auch egal." Sven winkte ab.

„Also das find' ich doof", meinte Indra irritiert, „erst machst du's so spannend und dann sagst du nichts."

„Ist ja auch nur Schule. Wie haben in Bio so ein Projekt –
„Wasser ist Leben", und ich hab gedacht du hättest das vielleicht
schon mal gemacht."

„Nee." Indra ließ sich erleichtert auf ihr Bett zurückplump-
sen und guckte gegen die Zimmerdecke.

***

Snuffy schob sein Rad durch den langgestreckten Korridor und
stellte es in der Ecke hinter der Tür ab. War zwar verboten, aber er
musste sich erst mal ein Schloss besorgen. Er dachte an Indra mit
ihrer Abneigung gegen das Ausborgen von Fahrrädern. Na ja, dass
man seines ausborgte, da stand er auch nicht drauf. Trotzdem, sie
war echt out of time. Ihr Horror wegen Zecks Kuss. Und dann war
da noch was gewesen. Ach ja, dass da ein Mädchen dösig in der
Röhre lag, hatte sie auch aufgeregt. Wieso war sie bloß einfach mit
ihm mitgekommen? Alles, was er von ihr bisher kennengelernt
hatte, passte damit überhaupt nicht zusammen. Plötzlich fiel ihm
wieder ein, wie sie auf das Wort „Tusse" reagiert hatte, das er für
die erfundene Sandra gebraucht hatte. Also Indra hatte einen Za-
cken raus. Düst mit einem völlig Fremden durch die Nacht und
benimmt sich gleichzeitig wie ein wandelndes Lexikon für Moral
und Anstand. Am besten vergaß er sie einfach. Es war so anstrengend, über sie nachzudenken. Ihm reichte schon das Chaos mit
Zeck. Und was los war, wenn seine Eltern nächste Woche aus
Amerika zurückkamen, daran wollte er lieber gar nicht denken.

Leise ließ Snuffy die Appartementtür ins Schloss fallen. Es
war nicht zu vermuten, dass Zeck schon zu Hause war. Party dauerte bei ihm mindestens von Freitag bis Sonntag. Aber wenn der
Zufall es wollte und er doch zu Hause schlief, war es empfehlens-
wert ihn nicht zu wecken. Auf Zehenspitzen näherte Snuffy sich
der Verbindungstür zu Zecks Schlaf- und Arbeitszimmer, als die

Korridortür hinter ihm mit einem lauten Krachen gegen die Wand schlug. Erschrocken fuhr er herum. Im Türrahmen stand Zeck. Snuffy wusste genau wie sein Bruder aussah, andernfalls hätte er den Typen leicht für einen entlaufenen Irren halten können. Das sonst goldblonde Haar stand dunkelverklebt um seinen Kopf, seine Augen hatten einen roten Rand, der sich scharf gegen das Gelbweiß der Gesichtshaut abgrenzte.

„Scheiße, Scheiße, Scheiße!", brüllte er, taumelte in die Miniaturdiele des Appartements und schmiss die Tür hinter sich zu.

„Was ist?", brachte Snuffy hervor.

Zeck beachtete ihn nicht. Er ließ sich aufs Sofa fallen und stierte vor sich hin. „Seit wann haben wir zwei Fernbedienungen?", meinte er schließlich.

Snuffy musterte irritiert den Couchtisch. Er konnte nur eine sehen. „Wieso?", fragte er zaghaft.

„Ach, ist ja auch egal." Zeck wischte mit einer Handbewegung die Bemerkung weg. „Scheiße!", brüllte er dann wieder.

Snuffy beobachtete ihn stumm. Was war nur aus seinem Bruder geworden? Dem Superschüler und viel versprechenden Jurastudenten. Ihm kam es auf einmal vor, als drehe sich eine kalte Faust in seinen Eingeweiden. Zum ersten Mal beschlich ihn das Gefühl, dass wirklich etwas falsch gelaufen war. Zeck machte keine Scherze, wenn er Kermit und Rüdiger auf ihn hetzte. Zeck war durchgeknallt.

„Diese dumme Kuh", schrie er gerade. „Bleibt einfach liegen." Er sprang auf und stürzte sich auf Snuffy. „Ein Wörtchen, hörst du, ein Wörtchen, dass wir am Vorfluter waren, und ich kill' dich."

Er schüttelte Snuffy kurz und ließ dann wieder von ihm ab. Erregt lief er im Zimmer auf und ab. „Alles war hervorragend." Er rannte wieder auf Snuffy zu und packte ihn am T-Shirt. „War es doch? Gib zu, die Location war hervorragend."

Snuffy nickte nur und Zeck ließ ihn los.

„Wir wussten genau, wann wir abschwirren mussten." Er ließ sich wieder aufs Sofa fallen und guckte durch Snuffy durch. „Alles in die Kutsche und dann: Sonnenaufgang am See. Und die dumme Kuh hat alles verdorben."

Snuffy spürte, wie sich oberhalb seines Steißbeins die Haut zusammenzog, was sich Wirbel um Wirbel den Rücken hoch fortsetzte, bis sich in seinem Nacken die feinen Haare aufstellten. Natürlich wusste er nicht, von wem Zeck redete, aber in seinem Kopf hallten Indras Worte: „Snuffy, da drin sitzt ein Mädchen, das sich nicht mehr rührt..." Er schüttelte wild den Kopf. Er wollte das nicht hören.

Sein Bruder wurde aufmerksam. „He, was wackelst du so mit der Birne?"

„ ‚Sie hat alles verdorben'- was meinst du damit?"

Zeck lachte hässlich. „Na, du bist gut. Die Stimmung war natürlich hin. Die kam einfach nicht hoch. Wir haben sie zwischen den Bäumen abgelegt. Muss ja nicht jeder gleich drauf kommen, dass in den Röhren was abgegangen ist."

Snuffys Hals wurde eng. „Und? Lebte sie noch?"

„Keine Ahnung. Glaub' ich nicht."

„Und das sagst du einfach so?"

Zeck sah ihn verständnislos an. „Sie ist doch selbst schuld. Oder meinst du ich mach' jemanden verantwortlich für das, was ich einwerfe? Das ist wie beim Autofahren: Leute sterben."

Snuffy ließ sich in den einzeln stehenden Sessel fallen und presste die Hände vor sein Gesicht. Mit einem Mal wurden sie ihm weggerissen, und Zeck starrte ihn mit seinen geröteten Augen an.

„Mach keine Schau, Kleiner, ein Wort an unsere Erzeuger und ich mach' dich platt. Das gilt übrigens auch für deinen Zierfisch."

„Ist gut, Zeck", brachte Snuffy mit heiserer Stimme hervor. Er kannte seinen Bruder nicht mehr. „Herz aus Stein", Snuffy hatte den Ausdruck für überzogen gehalten, eigentlich hatte er nicht mal gewusst, was er genau bedeuten sollte, aber Zeck hatte ein Herz aus Stein bekommen. Er dachte an die gelbe Pille in seiner Hosentasche. Ihm ging es so dreckig. Jeder wusste, dass man dann das Zeug aus dem Körper lassen sollte, aber er hasste seinen wachen, müden Kopf. Zeck war am Arsch. Das einsehen zu müssen, war noch schlimmer als die verbummelte Schule und das Pappen bleiben. Aber alles zusammen den Eltern auftischen, das ging doch überhaupt nicht. Erschrocken merkte Snuffy, wie ihm ein Wimmern entfuhr.

„Flennst du etwa, du Weichei?"

Snuffy schüttelte den Kopf. Aber das Gefühl, heulen zu müssen, wurde immer schlimmer. Früher hätte sein Bruder ihn in den Arm genommen und getröstet. Und jetzt? Jetzt hatte er nur Schiss, dass die Eltern etwas erfuhren. Das war armselig. Snuffy sprang auf.

„Du bist armselig!" kreischte er. „Armselig! Weißt du das?"

Auch Zeck sprang auf. Er näherte sich Snuffy bis sich ihre Gesichter beinahe berührten.

„Was weißt du schon", zischte er. „Immer Vorbild sein, immer toll sein! Das steht mir bis hier!" Er fuhr sich mit der Handkante über den Hals. „Immer protzten die mit mir rum. Darum wollte ich zu Hause weg. Und dann kamst du. Und ich weiß auch warum. Du solltest mich ausspionieren."

Er packte Snuffy am Kragen. „Gib's schon zu, du...du kleine Ratte."

Snuffy versuchte verzweifelt, sein Hemd aus Zecks Griff zu lösen. „Das stimmt nicht", schluchzte er, „ich hab dich lieb. Du bist mein Bruder. Darum wollte ich bei dir sein."

Zeck ließ ihn los. Ganz kurz flackerte so etwas wie Verständnis in seinen Augen auf. Aber damit war es schnell vorbei. „Verarschen kann ich mich selber", gab er von sich, „hau ab!"

Snuffy drehte sich um und ging langsam zur Tür. Ihm war, als sta kste er über die Plastikhaut eines Wasserbetts. Er hielt sich an der Türklinke fest, um nicht einzuknicken.

„Halt!"

In der Hoffnung, Zeck würde irgendwas sagen, was alles erträglicher machen würde, schaute Snuffy noch einmal zurück.

„Ein Ton zu irgendjemandem, und dir geht es schlecht. Hast 1du das kapiert?"

Snuffy fuhr sich mit dem Unterarm über das Gesicht. „Und Mum und Dad?"

Zu Snuffys Überraschung hatte Zeck sich aufs Sofa gesetzt und lehnte sich entspannt zurück. „Die sollen kommen, wenn sie was wollen. Die können doch immer so gut reden. Die reden doch mit Gott und der Welt." Zeck lachte spöttisch. „Du hältst dich da raus, ist das klar?"

Snuffy nickte und verließ das Appartement. Schwerfällig wendete er das glänzende, blaue Fahrrad, das aus einer Zeit stammte, die nicht mehr existierte.

10

Indra lauschte dem steten Gemurmel von Svens Stimme. Ab und zu glitten ihre Gedanken ab zur letzten Nacht, schlängelten sich durch die dröhnende Kanalröhre oder blieben an dem grünweißen Kontrast des Gartens in Marienburg hängen, aber dann konzentrierte sie sich wieder auf Svens Vortrag. Sie erfuhr alles von Laborversuchen in der Villa Öki, von biologischer Reinigung im Stammheimer Klärwerk und von dem spannenden Abschluss des Biologie Projekts: einer Besichtigung des Kronleuchtersaals. Indra horchte auf. Komischer Name für ein Gewölbe, in dem sich Abwasserkanäle treffen.

„Muss doch tierisch stinken", meinte sie beiläufig

Erstaunt blickte Sven zu ihr hinüber. Indra hatte tatsächlich zugehört. Ihr Blick war manchmal so abwesend, dass man sich dessen nicht ganz sicher sein konnte.

„Im Winter bestimmt", erklärte er stolz, „dann bringt auch der Rhein oft die Soße vom Überlaufkanal zurück, aber im Sommer, bei niedrigem Wasserstand, ist da alles ziemlich trocken und wird auch für die Führungen gereinigt. Herr Auerbach hat uns den Besuch freigestellt, weil es am Samstagnachmittag stattfindet, und sich vielleicht nicht jeder wohl fühlt da unten."

„Kann man da mit?" Indra gefiel die Vorstellung, dass sie von der Unterwelt Kölns schon mehr gesehen hatte, als Sven ahnen konnte. Es brannte ihr richtig auf der Zunge, etwas von den nächtlichen Erlebnissen zum Besten zu geben. Aber es war eben keine offizielle Führung gewesen, und als Mitwisser schien ihr der kleine Bruder doch noch etwas grün.

„Keine Ahnung", antwortete Sven. „Kommt wahrscheinlich drauf an, wie viel Anmeldungen es gibt. Im März kommen immer die Termine raus und Herr Auerbach hat damals direkt angerufen, weil immer alles so schnell ausgebucht ist"

„Frag' doch mal nach, würde ich mir megagerne angucken."

Das war nicht mal geschwindelt. Indra lachte in sich hinein. Sie begann eine richtige Vorliebe für das Kanalsystem zu entwickeln. Irgendwann hatte sie mal so einen schwedischen Krimi gesehen, in dem Computerkids ihre Zentrale im U-Bahn System von Stockholm hatten. Und diesen alten Schinken „Der dritte Mann", den sie mal mit ihren Eltern geguckt hatte, und der in den Katakomben von Wien spielte. Sie hatte die unterirdischen Schauplätze total faszinierend gefunden und war sich dabei nie bewusst gewesen, dass so was auch unter Köln existierte. Sie schloss die Augen und stellte sich die Straßen von Köln vor. Den manchmal rauschenden Autoverkehr, die Radfahrer, die Fußgänger, die Skater und neuerdings auch die Kickboardfahrer. Und darunter das endlose Gewirr von Leitungen und Röhren. Röhren, die über drei Meter hoch sein konnte, das wusste sie seit gestern Nacht.

„Indra, Sven!"

Die Stimme der Mutter riss Indra aus ihren Gedanken, gerade als sie darüber grübelte wie dick wohl die Erdschicht zwischen den ahnungslosen Kölnern und den Röhren war, durch die ihre Abwässer rauschten. Sie setzte sich auf und sah Sven fragend an.

„Gibt's heute was Besonderes?"

Ihr Bruder schüttelte den Kopf. „Wahrscheinlich sollen wir tragen helfen."

Indra schluckte. Ihr Bruder war so lieb. Er respektierte selbstverständlich die Anordnungen der Erwachsenen. Selbst, wenn er keine Lust hatte, stellte er sie nicht in Frage. Was wird sein, wenn er zwei oder drei Jahre älter ist? Wird er die Augen geschlossen halten und gar nicht genau sehen wollen, wie ihre Eltern lebten? Oder wird er dann vielleicht gar nicht mehr auf sie hören? Indra biss sich auf die Lippen. Es wäre schrecklich, wenn er seine liebenswerte Art verlöre.

„Gehst du mit runter?" Sven sah Indra bittend an.

Indra seufzte. „Okay."

Im Flur stand ihre Mutter mit einem Korb voller Obst und Gemüse. „Helft ihr Papa bei dem Rest?"

Indra blickte sie an. Ihre Wangen waren leicht gerötet. Vermutlich von der Hitze und der Anstrengung. Vielleicht aber auch nur, weil diese Einkaufstouren mit Papa ihr ein normales Leben vormachten. Wenn er draußen herumlief, war er freundlich und zuvorkommend. Bestimmt konnte sich niemand vorstellen, dass er zu Hause nur apathisch abhing. Frau Küsters wartete darauf, dass ihre Tochter etwas sagte, aber Indra wandte sich ab und lief hinter Sven her zur Garage.

Ihr Vater stand vor dem geöffneten Wagenheck und reichte Sven eine Einkaufstasche und eine Wassermelone.

„Aha, das gnädige Fräulein hat sich auch wieder beruhigt", bemerkte er, „hier ist nur noch ein Beutel, daran wirst du dich nicht überheben."

Indra presste die Lippen zusammen. Sie hatte sich fest vorgenommen, sich zusammenzunehmen. Aber die scheinheilige Art ihres Vaters, so zu tun, als läge alles nur an ihr, brachte sie auf.

„Der ist dann sicher auch nicht zu schwer für dich", platzte sie schließlich heraus und rannte die Garageneinfahrt hoch und zurück ins Haus. Sie lief Sven beinahe um, der ihr entgegenkam.

Was ist denn?", rief er ihr hinterher, aber sie beachtete ihn nicht. Sie stürzte die Treppen hinauf in ihr Zimmer und warf die Tür hinter sich zu. Keuchend ließ sie sich auf ihren Schreibtischstuhl fallen. So ging das nicht weiter. Sie hielt das nicht mehr aus.

***

Snuffy bremste sein Rad ab, dass es quietschte. Laut schimpfend passierte ihn ein junger Mann mit einem Kind auf dem Gepäckträger, der beinahe auf ihn aufgefahren wäre.

„Du tickst doch nicht ganz richtig!", brüllte er, während das Mädchen im Kindersitz den Schlenker mit freudigem Juchzen kommentierte. Snuffy sah ihnen nach. Warum der Anraunzer des Mannes ihm die Tränen in die Augen schießen ließ, war ihm rätselhaft. Zeck hatte Recht, er war ein Weichei. Nichts mehr war von dem coolen Snuffy übrig, der immer genau wusste, was er als nächstes vorhatte. Die Eltern waren weit weg, Frau Nickels war eine Schleimerin und auf Zeck konnte er sich nicht mehr verlassen. Früher war es richtig gewesen zu Zeck zu gehen. Aber jetzt gab es Zeck nicht mehr, zumindest nicht den Zeck, der Snuffys aufgeschlagene Knie begutachtet hatte, oder der allzeit bereite Nachhilfelehrer gewesen war. Im Gegenteil, Zecks Karre war noch weiter im Dreck als seine eigene. Hatte er überhaupt noch was für die Uni getan? Bestimmt nicht. Snuffy konnte sich nicht erinnern im letzten Vierteljahr noch irgendetwas von Klausuren und Seminararbeiten gehört zu haben. Das war im vorigen Sommer noch völlig anders gewesen. Da wäre Zeck wegen seiner Termine beinahe durchgedreht. Snuffy biss sich auf die Lippen. Und er hatte es mit der Schule nicht besser gemacht. Erst hatte er die Hausaufgaben nicht erledigt, dann die meisten der Schulstunden geschwänzt. Fiel in der Elf erst mal kaum auf. Und schließlich war er gar nicht mehr in die Schule gegangen. War doch auch völlig Banane, wenn man nichts mehr verstand. Und mit Zeck war er sich so erwachsen vorgekommen. Man war Herr seiner Zeit. Jeder Tag verlief anders. Und wenn man was losmachen wollte, war immer jemand zu Stelle. Spannend!

Snuffy lachte bitter. Tolle Spannung mit brutalen Flachköpfen wie Rüdiger und Kermit. Aber das Allerschlimmste war die Sache mit dem Mädchen. Ein totes Mädchen. Ob es die Dinger von Rüdiger gewesen sind, die sie umgehauen haben? Snuffy schnappte nach Luft. Das halbe Plastiktütchen! Er hatte Indra eine von den Mistpillen aufgedrängt. Und sie wusste alles. Wenn nur irgendwas von dem Mädchen bekannt wurde, wüsste sie sofort Bescheid. Snuffy packte sein T-Shirt, das ihm von der rasenden Radfahrt am Körper klebte und fuhr sich mit einem Zipfel über das Gesicht. Er musste ihr die Pille wieder abnehmen und er musste sich vergewissern, dass sie den Mund halten würde. Shit! Er wusste gar nicht wo sie wohnte. Stopp, die Telefonnummer. Er blickte auf seinen Arm. Diese Eddings waren Spitze. Die Ziffern waren unter der Dusche zwar blasser geworden, aber noch lesbar. Er blickte sich um. In seiner Verzweiflung war er immer geradeaus geradelt. Jetzt war er schon beinahe in Junkersdorf. Er ging ein Stück zu Fuß, und hinter dem Bushäuschen am Müngersdorfer Garten-Restaurant entdeckte er endlich eine Telefonzelle. Er tastete seine Hosentaschen ab. Entsetzt verdrehte er die Augen. Er hatte nichts dabei. Nur dieses dämliche Plastiktütchen. Verdammt! Ungeschickt riss er das tesaverklebte Tütchen auseinander. Die gelbe Tablette fiel auf den Boden. Er sprang und trampelte darauf herum. Aber als er zur Seite trat, war sie noch immer unversehrt, er konnte sogar das grinsende Erniegesicht erkennen. Sie war zu klein, um unter seinen weichen Turnschuhsohlen zerdrückt zu werden. Wutentbrannt drückte Snuffy nun einen Fuß darauf und zerrieb die Pille, bis sie nur noch als kleiner gelber Streifen den Radweg zierte. Dieser Anblick beruhigte ihn etwas. Er stieg auf sein Rad und radelte langsam zum Restaurant zurück. Etwas zögernd lehnte er das Bike gegen die Hauswand. Fehlte ihm noch, wenn das jetzt auch noch geklaut würde, dann könnte er endlos latschen oder müsste schwarzfahren. Trotz seiner elenden Situation fand er diese Vorstellung zum Lachen. Snuffy der Mega-Teen hatte Angst um seinen Drahtesel. Noch ein paar Ticks und er würde ein Geistesverwandter von Indra. Entschlossen betrat er das Restaurant und ging geradewegs auf die Theke zu.

„Bitte, ich habe mein Portemonnaie verloren, kann ich von Ihnen aus telefonieren?"

Der Mann, der gerade die Kasse zugeschoben hatte, stützte den Ellbogen auf den Tresen, legte das Kinn auf die Faust und schaute Snuffy tief in die Augen.

„Okay", meinte er schließlich, schob Snuffy das Telefon hin und kümmerte sich nicht weiter um ihn.

***

„Indra!"

Indra legte die Hände vor die Ohren. Was wollte ihre Mutter denn schon wieder, konnte man sie nie in Ruhe lassen?

Sven stürzte atemlos in ihr Zimmer und reichte ihr den Hörer. „Telefon für dich."Er blieb neugierig stehen.

„Ja?" Indra sprach und zog dabei eine Grimasse, die Sven auch gleich verstand. Etwas beleidigt verließ er das Zimmer.

„Hier Snuffy. Wie geht's dir?"

Indra lachte überrascht. „Wie soll's gehen. Gut. Wir haben uns doch vor zwei Stunden noch gesehen."

„Ich muss dich unbedingt sprechen, aber ich weiß gar nicht, wo du wohnst."

„Guck ins Telefonbuch und vergleich' die Nummern. Oder hast du meinen Nachnamen schon vergessen?"

„Mann, ich habe keine Zeit für so einen Quatsch. Jetzt sag schon. Dann komm ich gleich mit dem Rad vorbei."

Indra atmete tief durch. „Du hast es aber echt eilig."

Sie grübelte. Snuffy war irgendwie schräg. Sie hatte keine Lust ihn direkt ins Haus kommen zu lassen.

„Wir treffen uns am Kiosk Mommsenstraße/Ecke Euskirchener", sagte sie entschlossen, „kennst du die Ecke?"

„Kein Problem. Auf die Theodor-Heuss ging mal ein Kumpel von mir. Ist doch die Schule da, oder?"

„Genau", Indra fand es gut, dass Snuffy direkt auf ihren Vorschlag einging. „Wann?"

„Zwanzig Minuten bis halbe Stunde. Ich bin im Moment

noch an der Aachener. Also bis gleich."

„Bis gleich."

Indra drückte auf die Unterbrechungstaste und starrte den Hörer an. So schnell wie Snuffy heute Vormittag das Weite gesucht hatte, so schnell kam er jetzt schon wieder angebraust. Merkwürdige Nummer. Sie seufzte. Plötzlich fiel ihr das Tütchen wieder ein. Sie kramte den Safeschlüssel zwischen ihrer Wäsche hervor, öffnete das Fach, das man wegen des Drachens, den sie auf die Wand gemalt hatte, kaum wahrnahm, und legte die Folie mit dem Giftbonbon hinein. Dann packte sie Schlüssel, Geld und Notizheft in ihre Umhängetasche, griff sich das Telefon und verließ eilig das Zimmer. Unten im Flur lauschte sie. Ihre Mutter klapperte natürlich in der Küche herum. Deshalb wählte sie den Weg durchs Wohnzimmer, um das Telefon zurück in die Station zu stecken, die auf einem kleinen Sideboard im Eßzimmer stand. Als sie den Raum auf die gleiche Weise verlassen wollte, versperrte der Vater ihr den Weg in den Korridor. Indra schaute ihn an, wie man ein Model auf dem Laufsteg prüft. Sie schüttelte sich. Er hatte schon wieder Jeans und Oberhemd gegen seine Hauskluft eingetauscht.

„Wir essen jetzt."

„Ich hab keinen Hunger."

„Du bleibst hier. Warum macht deine Mutter sich überhaupt die Mühe?"

Indra lachte auf. Das sollte er mal sonntags fragen. Sonntags gab es immer mittags warmes Essen. Indra erinnerte sich noch genau, wie sie früher den Duft von Braten oder Königssuppe geliebt hatte, der das ganze Haus durchzog. Es war der Sonntagsduft gewesen. Punkt eins saßen sie dann um den Tisch versammelt. Sie grübelte, wann sich ihre erwartungsfrohe Haltung in Ungeduld und Gleichgültigkeit verwandelt hatte. Nur Sven und Mama zu Liebe hatte sie sich danach noch an den Mittagstisch gehockt. Ja, das war die Zeit gewesen, als sie zum Konfirmandenunterricht gegangen war. Da hatte sie regelmäßig den Gottesdienst besucht. Und erfüllt mit Zustimmung oder Kritik von dem gerade Gehörten war sie ziemlich gut aufgelegt nach Hause gekommen. Aber die optimistische Stimmung war jedes Mal schnell verflogen. Mama, die so getan hatte, als wäre alles in Ordnung, die ihr und Sven in vorgespielter guter Laune den Teller füllte. Sven, der mit seinen neun oder zehn Jahren unbefangen das Essen in sich hineinschaufelte. Und dazu ihr Vater, der meist nur eine trockene Scheibe Brot auf dem Teller liegen hatte. Weil ihm schlecht war. Er zerbröselte lustlos das Brot und steckte sich hin und wieder einen Krumen in den Mund. Früher hatte Indra Mitleid mit ihm gehabt. Armer Papa, dass ihm gerade am Wochenende immer schlecht sein musste. Aber dann war sie auf den Zusammenhang zwischen seiner Wochenendsauferei und der sonntäglichen Übelkeit gekommen. Weil er samstags und sonntags nicht ins Amt musste, soff er noch mehr als in der Woche. Sie hatte sich beinahe die Augen aus dem Kopf geheult, als sie das erkannt hatte. Keiner aus der Familie kapierte damals, was mit ihr los war, denn sie hatte nicht darüber gesprochen.

Ihre Mutter kam aus der Küche und streckte die Arme aus, aber Indra wich ihr aus.

„Tut mir Leid, dass ich zum Frühstück noch nicht da war, aber Papa fehlt ja auch immer, oder?"

Ihre Mutter senkte den Kopf. „Das ist Papas Sache."

„So?" schrie Indra, „dann ist es ab jetzt meine Sache, ob ich noch zu irgendeinem Essen erscheine."

Sie quetschte sich an ihrem Vater vorbei, riss die Haustür auf und ließ sie laut hinter sich ins Schloss fallen.

***

War das nun ein Wink des Schicksals, oder wollte es ihn nur hochnehmen? Diesmal war der Blick, den Jan aus dem Fenster warf, wirklich rein zufällig. So im Vorbeigehen. Und da stand schon wieder Indra vor der Haustür gegenüber. Sie beugte sich über ihr Fahrrad. Jan wunderte sich über sich selbst. Eigentlich kam er sich nicht vor wie ein Schnellmerker. Aber jetzt schossen ihm zig Bilder gleichzeitig durchs Hirn. Wie ein unendliches Zelluloidband flimmerten die mehr oder weniger gelungenen Beziehungskisten aus Kinofilmen an seinem inneren Auge vorbei und er wusste nicht, wo er sich da einordnen sollte: „Titanic", wo der Schönling DiCaprio seine Liebste rettet oder „Romeo und Julia", wo alles schief geht. Oder vielleicht eher: „Das Auge". Der Typ, der die Frauen durch seine Kamera beobachtete, bis er sie dann umbrachte. So schlimm würde es bei ihm natürlich nicht enden, aber dieser Beobachtungszwang, den er bei Indra an den Tag legte, kam ihm doch irgendwie krankhaft vor. Egal, Marco war verreist, es gab nichts Besseres zu tun, als mal wieder Indra hinterher zu radeln. Er war glücklich, dass für heute Mittag zwangloses Brotmampfen angesagt war, weil die Eltern einiges zu erledigen hatten. So guckte er beim Hinunterlaufen nur kurz ins Wohnzimmer seiner Großmutter.

„Ich dreh' 'ne kleine Runde", rief er und warf ihr eine Kusshand zu.

„Ist gut, mein Junge", gab sie zurück und beugte sich wieder über die Tageszeitung, die sie von vorne bis hinten durch zu ackern pflegte, was samstags etwas länger dauerte.

Als Jan sein Rad vors Haus schob, war Indra gerade erst damit fertig ihres aufzuschließen.

„Hey, Indra", rief er hinüber.

„Hey, Jan", gab sie freundlich zurück, aber so, als wäre sie mit ihren Gedanken ganz woanders.

„Musst du was besorgen?"

Indra schüttelte den Kopf.

Da sie die Räder gleichzeitig auf die Straße schoben, ergab es sich von selbst, dass sie nebeneinander her radelten. Jan musterte Indra, die in sich selbst versunken geradeaus schaute. Sie hatte nie zu den Mädchen gehört, die sich aufdonnerten, aber er hatte selten zwei Tage hintereinander dieselben Klamotten an ihr gesehen. Oder fiel es ihm erst auf, seit er sie so genau beobachtete?

„Wie geht es dir?", fragte er und kam sich gleich darauf etwas bescheuert vor.

Indra sah ihn überrascht an und ihre großen Augen, in denen sich ein Stück Himmel spiegelte, sorgten dafür, dass Jan ein Schweißperlchen auf die Stirn trat.

„Du bist schon der Zweite, der mich das heute fragt. Willst du es denn wirklich wissen?"

Jan räusperte sich, um sein Schwindelgefühl zu vertreiben. „„Klar. Sonst würde ich nicht fragen."

Indra schaute wieder nach vorne auf die Lenkstange. „Ich weiß es nicht. Ganz ehrlich, ich weiß nicht, wie ich mich fühle."

Sie überquerten die Neuenhöfer Allee und folgten schweigend dem Radweg, der an der Wiese vorbeiführte, auf der sie mit Esther und Marco unzählige Male gesessen hatten. Kurz vor dem Kiosk an der Mommsenstrasse blieb Indra plötzlich stehen und stieg vom Rad.

„Ich treffe hier gleich jemanden."

„Aha." Jan hätte sich am liebsten vor die Stirn geschlagen. Es fiel ihm einfach nichts ein, was das Gespräch locker in Gang halten könnte. Aber er wollte auch nicht gleich aufgeben. Entschlossen stieg er ebenfalls vom Rad. Indra schien nichts dagegen zu haben.

„Findest du es verrückt, dass man nicht weiß, wie man sich fühlt?"

Jan schüttelte den Kopf. „Nein, manchmal hab ich das auch."

Indra sah ihn ungläubig an, und Jan traf in diesem Moment die tiefe Erkenntnis, dass ihre Verwirrung eine ganz andere Dimension haben könnte als seine. Er schluckte heftig um das PSI-Phänomen loszuwerden. Zum Glück schien Indra nichts von seiner Betroffenheit zu spüren.

„Seltsam", sagte sie nur, „ich hab immer gedacht, du wärst

voll ausgeglichen. Dir selbst immer gewiss."

Jan lachte befreit auf. „Da täuschst du dich gewaltig, auch ich rüttele manchmal an Schubladen."

Über diese Bemerkung wiederum musste Indra so lachen, dass sie einen Hustenanfall bekam.

„Das ist natürlich ein wahnsinniger Aufruhr", meinte sie, nachdem sie sich beruhigt hatte.

Jan fragte sich, ob sie ihn auf den Arm nehmen wollte, aber sie schaute ihn so rätselhaft an, so ... er konnte es gar nicht benennen, und er wünschte sich, dass sie ihn immer weiter so anschauen würde, als von der Ampel her wildes Fahrradklingeln ertönte.

„Hey, Snuffy", rief Indra, und Jan hatte alle Mühe sich zu beherrschen. Dass es wieder dieser Idiot sein musste.

Snuffy überquerte die Straße und bremste vor den beiden so stark ab, dass sein Hinterrad zur Seite rutschte. Sein Blick ging von Indra zu Jan und wieder zurück.

„Das ist Jan", stellte Indra vor, „Kindergartenfreund und Klassenkamerad."

„Und Nachbar", brummte Jan, um die förmliche Aufzählung zu vervollständigen. Hätte sie nicht einfac „ein guter Freund" sagen können?

„Und dies ist Snuffy", fuhr Indra unbeirrt fort, „my brother in adventure".

Beide Jungen schauten Indra verblüfft an. Snuffy erholte sich als Erster.

„Ich muss dich alleine sprechen."

Jan zuckte die Achseln. „Brother in adventure", das war er genau genommen auch, nur das Indra und Mr. Designklamotte davon nichts wussten. In einem Anfall von Selbstbewußtsein zwinkerte er Indra zu. Er dachte nicht daran das Feld zu räumen, er würde sich lediglich ein Stück zurückziehen.

„Ich geh' solange schaukeln."

***

Indra sah ihm erstaunt hinterher. Es war das erste Mal, das Jan nicht gleich abhaute, wenn er nicht ausdrücklich zum Bleiben aufgefordert worden war. Als er tatsächlich sein Fahrrad bei den Schaukeln abstellte, wandte sie sich schließlich Snuffy zu.

„Was gibt's denn? Du tust ja wer weiß wie."

„Können wir uns auf die Wiese setzen, ich bin gerast wie ein Irrer."

„Aber warum denn?"

„Wirst du gleich hören!" Snuffy brüllte plötzlich.

„Ist ja schon gut, beruhig' dich." Indra schob ihr Rad über den Weg zur Wiese, und suchte absichtlich ein Fleckchen, von dem aus sie Jan beim Schaukeln zusehen konnte.

Snuffy legte sein Fahrrad auf den Boden und ließ sich mit einem lauten Stöhnen daneben fallen. Indra schlang die Arme um ihre Beine und legte das Kinn auf die Knie. Erst nach einer ganzen Weile fiel ihr auf, dass Snuffy immer noch schwieg.

„Was ist denn nun?"

Snuffy fuhr mit den Fingern nervös im Gras rum. „Sag mal, hast du deinem Klassenkamerad was von gestern Nacht erzählt?"

Die besondere Betonung, die er auf „Klassenkamerad" legte, war nicht zu überhören.

„Natürlich nicht! Wieso sollte ich?"

„Sieht doch 'n Blinder, dass der was von dir will."

Indra guckte überrascht zu Jan hinüber, der so hoch schaukelte, dass das Gerüst zu schwanken schien. „Quatsch", meinte sie etwas schwach.

„Also gestern folgt er uns ins Café, und jetzt taucht er auch schon wieder mit dir auf."

„Reiner Zufall, wir kennen uns schon ziemlich lange."

„Ja, ja, ist auch piepegal, Hauptsache, er weiß nichts von dem Rave."

„Nee, weiß er nicht, und jetzt sag' schon, warum du so einen Aufstand machst?"

Langsam wurde Indra ungeduldig. Sie war Snuffy dankbar, dass er sie davor gerettet hatte an einem toten Wochenende vor Liebeskummer auszurasten oder sich mit ihrem tollen Vater auseinander setzen zu müssen, aber das gab ihm noch lange nicht das Recht für jedes Blabla über ihre Zeit zu verfügen.

Snuffy hielt kurz die Luft an. „Das Mädchen", presste er dann heraus.

„Welches Mädchen?"

Indra zog unwillig die Augenbrauen zusammen. Snuffy ging ihr heute absolut auf die Nerven. Vielleicht war es ja besser erst mal ganz alleine zu sein, ehe man sich wieder mit einem Knaben abgab. Oli war das Härteste gewesen. „Susa ist ganz anders gepolt", na, wenn das so besonders war, mit in der Röhre rum zu turnen, dann hatte sie ihre Feuertaufe ja auch schon bestanden. Und wenn Snuffy sich weiter so dämlich anstellte, dann sagte sie am besten gleich auf Wiedersehen, denn Probleme hatte sie auch ohne ihn genug.

„Das Mädchen, das in der Röhre lag .. .es ist wahrscheinlich tot."

Indra brauchte einige Zeit bis die Worte in ihr Verständnis drangen. „Was?" flüsterte sie schließlich. Dann sprang sie auf. „Sag, dass das nicht wahr ist!"

Snuffy hob hilflos die Schultern. „Ich weiß nicht, ob man sie schon gefunden hat, jedenfalls ist sie nicht mehr aufgestanden, als die Party zu Ende war."

Indra ballte die Fäuste und ging auf Snuffy los. „Wenn das stimmt!", schrie sie, „wenn das stimmt, sind wir mit Schuld! Wir haben nichts unternommen, verstehst du?"

Snuffy griff nach Indras Handgelenk. „Halt jetzt den Rand", zischte er, „es ist passiert und niemand, hörst du, niemand erfährt, dass wir dabei waren."

Indra ließ die Arme sinken. „Bist du wirklich so ein A-? Ist es dir egal, was mit dem Mädchen passiert ist? Willst du nur deine weiße Weste behalten?"

„Mir ist es nicht egal!", schrie Snuffy. „Deshalb bin ich ja zu dir gehetzt, damit du das gelbe Ding nicht nimmst."

Indra sah ihn an. „Aber auch, damit ich nichts verrate, gib es zu."

Snuffy rieb sich die Augen. „Ja, aber vor allem wegen Zeck. Wenn was rauskommt, macht der mich platt."

Indra ließ sich wieder ins Gras fallen. Sie starrte in den wolkenlosen blauen Himmel. Abenteuer. Das war kein Abenteuer, das war ein Alptraum. „My brother in nightmaire", flüsterte sie.

Snuffy rückte näher an sie heran. „Bitte, verrate nichts." Indra schaute ihn, an und trotz aller Abwehr sah sie wieder den Jungen, der nicht allein sein wollte. Abrupt stand sie wieder auf und nahm ihr Rad.

„Ich muss jetzt erst mal nach Hause."

Snuffy sprang ebenfalls auf. „Ich komm mit."

„Auf keinen Fall!" Indra schüttelte wild den Kopf.

„Dann komm du zu mir." Peinlich berührt merkte Snuffy, dass er beinahe bettelte.

„Nein!" Indras Stimme nahm einen fast schrillen Ton an. „Ganz bestimmt nicht."

11

Indra setzte vorsichtig Fuß vor Fuß. Sie wollte nicht, dass das leise Knacken der Äste sie verriet, denn vor ihr liefen Oli und Susa. Die weißblonden Haare des Mädchens spiegelten das Mondlicht und wiesen Indra den Weg. Plötzlich blieben die beiden stehen und Indra verhielt mitten im Schritt. Neidisch schaute sie zu, wie die beiden sich umarmten und küssten, wie Oli die Spaghettiträger von Susas Top an den Armen hinunterschob. Indra hielt die Luft an. War es das, was Susa ihr voraus hatte? Sie wäre so gern an Susas Stelle. Sie merkte, wie ihr die Tränen in die Augen stiegen, und wandte sich ab. Langsam ging sie den dunklen Weg zurück, als sie über einen besonders dicken Ast stolperte. Sie fiel auf beide Knie, was ihr merkwürdigerweise keinen Schmerz verursachte. Als sie wütend den Ast zur Seite schmeißen wollte, fühlte der sich ganz fremd an. Das war Stoff, kein Holz. Diese Erkenntnis schnürte ihr den Hals zu, trotzdem ließ sie den Körper nicht los. Wie im Zwang kroch sie näher und sah plötzlich das bleiche Gesicht des Mädchens. Nur hatte sie die Augen diesmal nicht wie unten im Kanal geschlossen. Sie waren weit aufgerissen und dunkel. Indra schrie, sie schrie so laut, dass Sven in ihr Zimmer gestürmt kam. Er haute auf den Lichtschalter und sah seine Schwester hochaufgerichtet in ihrem zerwühlten Bettzeug sitzen. Er stürzte sich auf sie und rüttelte an ihren Schultern.

„Indra! Was ist?"

Indra sah ihn verwirrt an. Die kurzen Haare standen in alle Richtungen vom Kopf ab, und ein leichter Schweißfilm glänzte auf ihrer Haut.

„Es ist schon gut", murmelte sie, „ich habe nur geträumt." Sie musterte ihren Bruder. „Wieso bist du noch angezogen?"

„Ach, ich hab ein Compi-Problem."

Indra schüttelte besorgt den Kopf. Sie klopfte neben sich auf die Matratze. „Komm setz' dich kurz." Sie nahm ihren Bruder in den Arm und küsste sein weiches, nach Früchteshampoo riechendes Haar. „Du musst jetzt schlafen."

Sven sah sie an. „Damit ich so ein wildes Zeug träume wie du? Und herumkreische? Da ist der Computer auf jeden Fall erholsamer."

Indra lachte, obwohl ihr nicht danach zu mute war. „Geh' jetzt schlafen, Spinner."

„Musst du gerade sagen." Sven drückte seiner Schwester noch einen vorsichtigen Kuss auf die Wange und stand auf. Bevor er das Zimmer verließ, drehte er sich noch mal um. „Erzählst du mir den Traum?"

„Vielleicht, irgendwann", versprach Indra und wusste, dass sie für Sven ein bisschen erfinden würde. Ihr Bruder winkte noch mal kurz und schloss die Tür.

Indra klopfte ihr Kissen auf und drehte es um. Sie starrte ihren Drachen an. Er sah stark aus und gefährlich, mit türkisblauen Schuppen und roter Zunge. Aber sie hatte ihm liebe Augen gemalt. Er war ihr Freund. Doch in der Zwickmühle mit Snuffy würde er ihr nicht helfen können. Es ging nicht, dass sie alles verschweigen sollten. Dieser beknackte Zeck. Der müsste schon selbst die Suppe auslöffeln, die er sich eingebrockt hatte. Aber wer tat das schon freiwillig? Im Grunde könnten sie auch die Klappe halten.

Sie hatte nie mitgekriegt, dass ihre Mutter ihrem Vater mal gesagt hätte „Du säufst", und erst recht nicht, dass ihr Vater sich jemals diese Schwäche eingestanden hätte. Und wie lange der alte Bundeskanzler geschwiegen hatte, obwohl längst alle Bescheid gewusst haben. Dieser dicke Mann, von dem sie lange gedacht hatte, er wäre der König von Deutschland. Sogar mitten im Megascheinwerferlicht logen die Erwachsenen, bis man sie mit der Nase in ihren Dreck stieß. Gab es überhaupt jemanden, dem man trauen durfte? Indra dachte nach. Ja, Esther, der hatte sie vertrauen können, aber die war ja auch noch nicht erwachsen. Obwohl, Frau

Biesen war ihr auch ziemlich ehrlich vorgekommen. Und wie gut es ihrer Mutter immer gegangen war, wenn sie sich mit ihr getroffen hatte. Snuffys Eltern konnte man vergessen. Selbst wenn die ehrlich waren, was nützte es Snuffy, wenn sie sich nicht um ihn kümmerten? Jans Eltern? Vermutlich waren die in Ordnung. Wenn Jans einzige Ausraster darin bestanden, Schubladen auseinander zu nehmen, musste es ihm eigentlich ziemlich gut gehen.

Oh, Mann, Jan! Indra richtete sich wieder im Bett auf. Nachdem Snuffy sie so geschockt hatte, hatte sie Jan ganz vergessen. Snuffy wollte unbedingt, dass sie mit ihm nach Marienburg fuhr, aber sie hatte abgelehnt. Sie wollte alleine nachdenken und morgen noch mal mit ihm telefonieren. Heftig diskutierend hatten sie die Wiese verlassen, ohne sich von Jan zu verabschieden. Er musste sich echt wie ein Hampelmann vorgekommen sein. Sie ließ sich wieder ins Kissen fallen. Morgen würde sie sich dafür entschuldigen. Er war ziemlich geduldig, aber irgendwo hatte ja jeder seine Grenzen.

***

Snuffy wälzte sich in seinem Han-Solo-Bettzeug. Mist. An Schlaf war nicht zu denken. Wenn Indra hier wäre, dann vielleicht. Er schaute auf die ordentlich zusammengelegte blaue Decke. Idiotische Idee, allein in dieses Haus zu gehen. Es war piccobello, aber für seine Eltern doch nichts als eine Absteige, da sie noch ein Haus in Frankreich und Italien besaßen. Als Zeck und er noch nicht in der Schule waren, durften sie mitreisen. Sein Vater war Europadirektor einer amerikanischen Firma. Mama genoss das Leben in den Häusern, die ihnen überall zur Verfügung gestellt wurden. Natürlich inklusive Bedienstete. Neuerdings drängten die Arbeitgeber immer mehr drauf, dass sein Vater nach Amerika ziehen sollte.

Aber seine Mutter wollte überhaupt nicht, selbst mit ihren Englischkenntnissen zweifelte sie daran, ob sie dort richtig heimisch werden könnte. Heimisch. Snuffy lachte verächtlich. Heimisch waren seine Eltern doch nirgends. Zeck und er wollten ganz normal in die Schule gehen. Sie hatten damals das Irmgardis-Gymnasium ausgeguckt. Aber er konnte sich nicht erinnern, dass die Eltern innerlich beteiligt an einem Elterntag von Snuffys oder Zecks Schule teilgenommen hätten. „Wir haben unsere Pflichten und ihr eure" hatte es immer geheißen, „und eure ist die Schule". Bei Zeck hatte das ja auch geklappt. Der hatte ein tolles Abi gemacht, ohne dass seine Eltern je einen Fuß in das Gymnasium gesetzt hätten, außer zur Abschlussfeier natürlich. Er war immer so zielbewußt gewesen, Snuffy kapierte nicht, was mit ihm in der Zwischenzeit passiert war. Und bei ihm versagte das System „Unsere-Pflichten-eure-Pflichten" schon viel früher. Er hätte viel drum gegeben, wenn seine Mutter eine von denen gewesen wäre, die mit ernstem Gesicht und zerrauftem Haar zum Elternsprechtag erscheinen, weil ihr Kind in Schwierigkeiten steckte. Aber sie war immer ausgeglichen und elegant, kein Flecken oder Flusen störte ihr perfektes Outfit. Sie beklagte viel die unglückseligen Umstände in der Welt, die so vielen Menschen nicht einmal das tägliche Brot vergönnten. Wenn es jedoch um praktischen Einsatz ging, hatte sie es nicht einmal geschafft ihren Kindern ein Schulbrot zu machen, dafür hatte sie immer andere Leute engagiert. Im Moment eben Frau Nickels.

Wie die Eltern wohl reagieren würden, wenn sie nach drei Monaten Amerika nach Hause kämen? Snuffy konnte sich ihre Gesichter gar nicht vorstellen, denn wirkliche Enttäuschungen hatten sie von ihren Söhnen nie hinnehmen müssen, und jetzt kam es gleich hammerhart. In der ersten Zeit seiner Schwänzerei hatte es noch Anrufe von der Schule gegeben, und einige Briefe lagen in dem Stapel auf dem polierten Schreibtisch seines Vaters. Er fragte sich, wie Frau Nickels sich wohl aus der Affäre ziehen würde, die den Eltern eigentlich regelmäßig Bericht erstatten sollte.

Snuffy schlug dreimal auf die Bettdecke, dann stand er auf. Er ging hinüber zum Sofa, auf dem Indra gelegen hatte. Wieso war er direkt eingeschlafen, als sie hier gewesen war? Das war ewig nicht vorgekommen. Das Mädchen vom anderen Stern. Sie war wirklich nicht, wie die anderen Klassenkameradinnen oder Discobekanntschaften, die den Mund nicht mehr zubekamen, wenn er sie mal mit nach Hause genommen hatte. „Oh, wie toll, starke Hütte" zahllose begeisterte Kommentare klangen ihm im Ohr, während Indra wie paralysiert wirkte. „Das ist dein Zuhause?" hatte sie heiser gefragt. Und all die anderen Trullas wären begeistert mitgekommen, wenn er sie noch einmal eingeladen hätte. Aber Indra hatte strikt abgelehnt. Es war, als wollte sie keinesfalls mehr dieses Haus betreten. Es schien sie nicht nur nicht zu beeindrucken, es schien ihr Angst zu machen. Wie ihm selbst. Tatsächlich. Ein großes, leeres, perfektes Haus und mittendrin Frau Nickels, die Schleimbeutlerin. Darum war er zu Zeck geflüchtet, aber Zeck war jetzt am Arsch.

***

Ärgerlich setzte Jan sich auf. Schlaflosigkeit gehörte sonst überhaupt nicht zu seinen Problemen. Aber zum ersten Mal war seine Zuneigung zu Indra in eine ernste Krise geraten. Auch wenn er sie nicht als Freund interessierte, mit dem sie gehen wollte, ihn einfach am Spielplatz zurückzulassen, das war echt starker Tobak gewesen. Da hatte er sich mal nicht direkt abschrecken lassen, und schon ließ sie ihn derart im Regen stehen. Das konnte doch nur bedeuten, dass er sie in Ruhe lassen sollte. Er verrenkte den Hals und schaute auf die Wandarmbanduhr, deren Zifferblatt nachts auch noch in buntem Neon leuchtete. Drei Uhr. Er schlug die Bettdecke zurück und setzte die Füße auf den Boden. Mit Nachdruck rieb er mit den Fußsohlen über den Teppich. Nein, er wollte nicht aus dem Fenster schauen. Er wurde richtig wütend auf sich selbst, weil er wusste, dass er gleich aufstehen und den unumgänglichen Blick auf das Haus gegenüber werfen würde. Er biss die Zähne zusammen. 10...9....8... Nach dem Countdown würde er sich brav zurück ins Bett legen und die ganze Familie Küsters samt der edlen Indra vergessen ...7...6...5... Morgen würde er seine Eltern damit überraschen, dass er doch den Ausflug mitmachen wollte ... 4... 3... 2... 1. Jan stieß sich vom Bett ab und schritt zum Fenster. Aha, genau wie er es sich gedacht hatte, unten Rollos runter und oben Licht an. Dass das Haus genau den Anblick bot, den er erwartet hatte, machte ihn noch saurer. Mann, was war er beknackt. Er tappte zurück und ließ sich resigniert auf sein Bett plumpsen. Was er nicht verstand, war die Szene, die sich Indra und ihr Dressman auf der Wiese am Spielplatz geliefert hatten. Erst hatten die beiden friedlich nebeneinander gesessen, dann war Indra aufgesprungen und auf Snuffy – Snuffy: was für ein bestusster Name - losgegangen. Er hatte schon beinahe gedacht, er müsste eingreifen. Dann war die Rangelei vorbeigewesen und Indra hatte sich wieder in die Sonne gelegt, nur um kurz darauf erneut aufzuspringen und mit dem Idioten das Weite zu suchen. Über irgendetwas hatten die beiden aufgeregt gelabert. Das alles hatte wahrhaftig nicht verliebt gewirkt. Kein Nebeneinanderliegen auf der Wiese, keine tröstenden Umarmungen. Irgendwas war da am Kochen. Die beiden wirkten nicht wie ein Paar, sondern wie zwei aufgescheuchte Mäuse, die hinter jedem Busch die Katze erwarteten.

12

Snuffy schlug die Augen auf. Was war das für ein Gepfeife? Er ließ nie das vollautomatische Rollo runter, deswegen sah er sofort, dass sich der Himmel auch heute wieder als weißblaues Dach über der Stadt wölbte. Musste einer von den unermüdlichen Zwitscherheinis gewesen sein, der ihn aus dem unruhigen Schlaf gerissen hatte, in den er gerade erst mit Müh und Not reingefunden hatte. Wenn er zu Hause übernachtete, öffnete er immer die Fenster, weil er sich mit der Klimaanlage wie ein vakuum-verpackter Junge im Frischhaltehaus vorkam. Er faltete die Hände hinter dem Kopf und schloss wieder die Augen. Dieses Vogelgesinge machte ihn manchmal verrückt. Irgendwie gab es Dinge, die sich niemals änderten, und dazu gehörte das Vogelgezwitscher. Jeden Frühling, jeden Sommermorgen waren es dieselben Töne, die immer neue Generationen von Piepmätzen in ihren kleinen Körpern erzeugten, egal wie er sich fühlte. Wenn er mies drauf war, brachten sie ihm ungefragt bessere Zeiten ins Gedächtnis, und wenn er ausnahmsweise happy war, musste er gegen seinen Willen an die beschissensten Augenblicke denken. Irgendwie zog ihn dieses Zwitschern immer runter. Er stutzte. Da war es wieder. Ein Flöten, das er nicht einordnen konnte.

Entsetzt warf er die Decke zurück. Das Gepfeife kam aus dem Hausinnern, nicht von draußen. Es war eine Sequenz aus „Return of the Gold". Das war Zeck! Wieso kam sein Bruder hierher? Das war seit zwei Jahren nicht mehr vorgekommen. Snuffy sprang auf und schlüpfte in seine schwarze Jeans, die direkt neben seinen Schuhen vor dem Bett gelegen hatte. Leise bewegte er sich zur Zimmertür, als sie mit ungeheurer Wucht aufgestoßen wurde. Im Türrahmen standen Rüdiger und Kermit und strahlten ihn an. Entsetzt wich Snuffy zurück, bis er an sein Bett stieß. Er hatte Mühe einen klaren Gedanken zu fassen. Was machten diese miesen Typen in aller Herrgottsfrühe in dem Haus, das er sich als Zufluchtsort gedacht hatte? Erleichtert wollte er aufatmen, als Zeck hinter ihnen auftauchte, aber im gleichen Moment wurde ihm klar, dass sein Bruder Rüdiger und Kermit ins Haus gelassen haben musste.

„Hey, Kleiner!" Großtuerisch schnippte Zeck eine Plastikkarte in die Luft, fing sie mit der gleichen Hand wieder auf und steckte sie in die hintere Tasche seiner hellgrauen Hose.

„Hab ich mir doch gedacht, dass du hier steckst. Was ist mit deinem Zierfisch?"

Snuffy räusperte sich, um das fiese Gefühl im Magen los zu werden, das der heftige Auftritt dieser unberechenbaren Typen in ihm erzeugt hatte.

„Mit Indra ist alles klar - hab schon mit ihr gesprochen."

„Na, das nenn ich ein folgsames Brüderchen." Beifallheischend sah Zeck Rüdiger und Kermit an. Die nickten zustimmend.

„Nur das Blabla reicht uns nicht. Kermit hatte seine Bedenken. Oder, Kermit?"

„Genau." Die tiefe, kratzende Stimme von Zecks Freund trieb Snuffy die Haare hoch. Er musste an die hässliche
Attacke auf den Straßenbahnschienen denken. Niemand würde diesen Schniegelheinis so etwas zutrauen.

„Wir meinen", fuhr Kermit fort, „du solltest etwas mehr in unser Geschäft involviert werden." Er ließ sich aufs Sofa fallen und zerrte ungeduldig die blaue Decke unter seinem Oberschenkel hervor, auf die er sich draufgesetzt hatte. „Macht' es dir leichter das Maul zu halten."

Snuffy sah hilfesuchend von Kermit zu Zeck. Der hatte die Lippen zusammengepresst und tat gleichgültig. „Und was heißt das?", brachte schließlich heraus. Erst jetzt bemerkte er, dass Rüdiger so eine komische Umhängetasche mit breiter Schnalle trug.

Er riss die Klettverschlüsse auf und zog einen Plastikbeutel heraus, der voll von den gelben Pillchen war. „Diesen Beutel werden wir dir anvertrauen. Du bist unser kleiner Wächter." Kermit strahlte Snuffy an. „Außerdem würden wir uns freuen, wenn du fürs nächste Meeting die Location ausbaldowerst. Du weißt ja auf was wir stehen."

Für kurze Zeit sagte niemand etwas. Rüdiger schmiss den Megabeutel hinter Snuffy aufs Bett.

„Tja", meinte Kermit abschließend, „sonst noch was?"

Die anderen beiden schüttelten die Köpfe. Kermit stand auf und kam langsam auf Snuffy zu. Als er bei ihm angelangt war stieß er ihn heftig gegen die Brust. Snuffy fiel aufs Bett.

„Ich hoffe du hast uns verstanden?"

Kermit sprach so freundlich, dass Snuffy schlecht wurde. Verzweifelt sah er noch einmal zu Zeck hinüber, aber der tat weiterhin, als ginge ihn das alles nichts an.

„Sag: Ich habe verstanden", forderte Kermit ihn freundlich auf.

„Ich habe verstanden", wiederholte Snuffy schwach.

„Fein." Kermit schlug ihm kräftig auf die Schulter und nickte den anderen beiden zu. Ohne ein weiteres Wort verließen die drei das Zimmer.

Snuffy ließ sich seitlich aufs Bett sinken und umschlang sein Kopfkissen mit beiden Armen. Erst als sein rasender Herzschlag sich beruhigt hatte, setzte er sich wieder auf. Er griff nach dem Beutel und ließ die Pillen hin und her rieseln. Das war also das Supermittel, das Kontakt- und Kommunikationsfreudigkeit erzeugen sollte. Pah! Es macht so kommunikationsfreudig, dass man zwischen einer Menge angeturnter Leute still und heimlich abkratzen kann! Er fragte sich, was sich in seinem Hirn schon dadurch verändert hatte, dass er das Zeug in den letzten Monaten regelmäßig eingeworfen hatte. Plötzlich musste er an Indra denken. Indra, die das Zeug kategorisch abgelehnt hatte und die als einzige bemerkt hatte, dass etwas mit dem Mädchen nicht in Ordnung gewesen war. Sie war erst in der neunten Klasse, also möglicherweise zwei Jahre jünger als er selbst. Dass sie Probleme hatte, war sogar ihm aufgefallen, deshalb hatte er sie ja schließlich auch ausgesucht. Aber auf der anderen Seite war sie so entschieden.

Er hatte von sich immer gedacht, er hätte einen Plan, aber eigentlich war er doch nur seinem großen Bruder hinterhergerannt. Und der war nichts als ein billiger Dealer. Der Sack Pillen offenbarte, was Snuffy bisher nicht hatte wahrhaben wollen. Er hatte Zeck immer geglaubt, wenn der beteuerte, die Pillen seien nur für den Eigengebrauch oder für die Dauerparty und die Leistungs-fähigkeit. Er lachte hysterisch auf. Die hatten ihm bestimmt nicht ihr ganzes Depot anvertraut, die besaßen bestimmt noch mehr. Snuffy hatte das Gefühl, dass ihm der Schädel platzen würde. Er nahm den Plastikbeutel mit beiden Händen und schmiss ihn mit lautem Aufschrei gegen die Wand.

Mit einem Mal wurde ihm klar, dass er niemanden hatte, mit dem er darüber reden könnte. Niemanden. Außer Indra.

***

Indra gähnte und streckte die Arme, als ihr einfiel, dass dieser Sonntag noch mehr als das übliche Grauen bereithielt. Nicht nur, dass sie echt keine Lust auf das Familiengenerve hatte, nein, da war auch noch Snuffy und das tote Mädchen und das Schweigegelöbnis. Indra zog die Decke über den Kopf. Wie sollte sie das aushalten? Statt vorhandene Schwierigkeiten nur annähernd in den Griff zu bekommen, sah sie immer neue auftauchen. Die Ereignisse der letzten drei Tage flimmerten an ihrem inneren Auge vorbei: Oli, der absagte, Snuffy der sie ansprach, ihr Vater, der ihr eine Ohrfeige versetzte, Zeck, der ihr den ekligen Kuss verpasste, das Mädchen in der Röhre, das Mädchen im Traum, Jan auf der Schaukel ... Indra schrie unter ihrer Decke. Sie konnte es nicht aushalten. Sie schrie in ihr Kissen, bis sie in erschöpftes Weinen ausbrach. Schließlich kam kein Ton mehr, nur die Tränen rannen ohne Unterlass. Indra trocknete sich mit dem Bettzipfel das Gesicht und setzte sich auf. Sie heftete den Blick auf ihren Drachen, der sie gütig anschaute. Es war, als wüsste er eine Lösung für alle Probleme, nur dass er sie ihr nicht verraten durfte.

„Nun sag schon", flüsterte sie, „sag mir, was ich machen soll." Natürlich sagte er nichts.

Indra seufzte und warf einen Blick auf ihren Wecker. Halb neun. Mama würde sie und Sven wie üblich um neun zum Frühstück erwarten. Für ihren Mann deckte sie natürlich auch mit. Es war, als wollte sie die Hoffnung nicht aufgeben, dass auch ihr Mann einmal ausgeschlafen und mit klarem Blick am Frühstückstisch erscheinen würde. Indra schüttelte den Kopf. Einerseits ödete es sie an, dass ihre Mutter die Realität scheinbar nicht sehen wollte. Andererseits bewunderte sie ihre Ausdauer, alles so zu richten, wie es sich gehörte. Obwohl, vermutlich war es nichts anderes als der Automatismus, den sie auch in der Woche an den Tag legte, wenn der Vater nachmittags nach Hause kam. Man müsste sie wecken! Indras Magen zog sich bei der Vorstellung etwas zusammen. Vielleicht wäre das ja genauso gefährlich, wie einen Schlafwandler zu wecken. Trotzdem, sie wollte es versuchen. So wie es jetzt war, hielt sie es nicht aus. Und wenn sie einfach abhaute, was würde dann mit Sven?

Indra stand auf und tappte in den Flur. Von Sven war nichts zu hören. Sie ging ins Bad und betrachtete sich im Spiegel. Die kurzen Haare waren immer noch ein überraschender Anblick, aber es war okay. Seit Donnerstagabend hatte sie sich verändert, und es war gut, dass man das auch von außen sah. Nur die vom Heulen geröteten Augen störten sie. Sie drehte den Kaltwasserhahn auf und ließ das Becken volllaufen. Dann tauchte sie ihr Gesicht hinein und öffnete die Augen unter Wasser. Das hatte sie mal von einer Lehrerin gehört, dass so ein Wasserbad überanstrengten Augen gut täte. Prustend holte sie Luft, um den Vorgang dann gleich nochmal zu wiederholen. Danach würde sie noch unter die Dusche gehen. So erfrischt würde sie einer Auseinandersetzung mit der Mutter vielleicht standhalten können.

Als sie in die Küche trat, blickte ihre Mutter erfreut auf. Sie hatte schon am gedeckten Tisch gesessen. „Indra. Ich dachte schon, du würdest jetzt nicht mehr zum Sonntagsfrühstück erscheinen."

Indra ließ sich auf ihren Platz fallen und zuckte die Achseln. „Was würde das bringen? Du wärst traurig, und dein Mann würde ja eh nichts davon merken."

„Mein Mann ist dein Vater." Indras Mutter spielte mit dem Eierlöffel.

„So einen Vater will ich nicht, mach' was, damit er sich ändert!"

„Indra!" Frau Küsters sah ihre Tochter ungläubig an.

Indra sprang auf und lehnte sich über den Tisch. „So einen Vater will ich nicht, und wenn er mein Mann wäre, hätte ich ihn längst verlassen!"

„Aber wovon sollten wir leben?"

Indra sah ihre Mutter überrascht an. Diesen Einwand hatte sie nicht erwartet. Eher so etwas wie: „Man muss zusammenhalten, in guten wie in schlechten Zeiten" oder „Kinder brauchen einen Vater".

„Also nur..."

Die Türklingel, die am frühen Sonntagmorgen ungewohnt laut klang, unterbrach sie. Einen Moment herrschte überraschtes Schweigen.

„Indra! Besuch für dich!" Sven war also auch schon aus dem Bett gekrochen. Im Schlafanzug und mit hochstehenden Haaren tappste er in die Küche.

„Wer denn?", fragte Indra verblüfft.

„Weiß ich doch nicht."

Indra stand auf und ging in den Flur. Etwas erschrocken fuhr sie zurück, als sie Snuffy in der Haustür erkannte. „Du schon wieder?" entfuhr es ihr. „Wir wollten doch telefonieren."

Snuffy schloss leise die Tür hinter sich. „Tut mir leid, ich muss dich sprechen."

Frau Küsters kam aus der Küche. Indra sah von einem zum anderen. „Das ist Snuffy", sagte sie dann, „Snuffy, das ist meine Mutter."

„Guten Morgen, Frau Küsters." Snuffy nickte artig.

„Guten Morgen.", gab die verblüfft zurück.

„Wir haben etwas zu besprechen", sagte Indra. Sie zog Snuffy am Ärmel die Treppe hinauf und stieß ihn in ihr Zimmer.

„Find ich gar nicht gut", schimpfte sie, kaum dass die Tür geschlossen war, „dass du so einfach hier aufkreuzt. Vielleicht habe ich da ja gar keinen Bock drauf!"

Snuffy sah Indras Drachen. „Hast du den selbst gemalt?"

„Ja!" schrie Indra, „Aber das ist im Moment so was von egal!"

„Okay, beruhig' dich. Hör mir wenigstens zu, dann kannst du mich immer noch rausschmeißen."

Indra sah ihn an. „Na, gut", meinte sie schließlich, „setz' dich." Sie wies mit der Hand auf zwei dicke türkisrote Kissen, die auf dem Boden lagen.

„Ich muss bei dir bleiben."

„Was?"

„Zeck und seine Freunde haben mich heute früh in meinem Zimmer in Marienburg überrascht."

„Ja, und?"

Snuffy ließ sich auf eines der Kissen nieder und nahm den Rucksack vom Rücken, der Indra noch gar nicht aufgefallen war. Er schob ihn Indra zu. „Guck mal rein."

Sie öffnete den Reißverschluss der Haupttasche und warf einen Blick hinein. Sie fuhr zurück.

„Bist du jetzt unter die Händler gegangen?" fragte sie heiser.

„Nein, unter die Wächter."

Als Indra ihn mit verständnislosem Blick anstarrte, begann er zu erzählen. Und er erzählte ihr jedes Detail von der Begegnung mit Kermit, Rüdiger und seinem Bruder Zeck. Als er fertig war, wirkte er völlig k.o.

Indra starrte auf den Rucksack. „Und jetzt, was willst du unternehmen?"

„Keine Ahnung", gab Snuffy zu, „ich dachte, dir würde was einfallen. Ich weiß nur, dass ich den absoluten Horror vor Zeck und seinen Freunden habe." Er fuhr sich mit den Händen durchs Gesicht. „Entweder war ich früher strohdoof und völlig blind oder die haben sich um 180 Grad gedreht ... Ich trau' denen jetzt wirklich alles zu."

Indra stand auf und ging zum Fenster. Nachdem sie eine Weile hinausgeschaut hatte, drehte sie sich um.

„Du musst zur Polizei gehen und alles erzählen. Die Sache mit dem Mädchen zeigt doch, dass deinem Bruder und seinen Kumpels ein Menschenleben schietegal ist."

Snuffy sprang auf. „Das kann ich nicht, ich kann meinen Bruder nicht anzeigen! Außerdem, wenn ich jetzt zur Polizei gehe, dann kommen die und greifen mich ab. An dem Bahnübergang sind die doch auch urplötzlich aufgetaucht."

„Und wenn du die Polizei anrufst?" fragte Indra zaghaft.

„Hör mal", Snuffy sah Indra beschwörend an, „ich kenn' doch nur Zeck genau und weiß, wo er wohnt. Wenn der hops-genommen wird, verständigt er garantiert seine Kumpel, und falls er das nicht schaffen sollte, zählen die doch zwei und zwei zusammen. Dann hab' ich sie erst recht im Nacken. Außerdem, ich glau' nicht mal, dass man sie lange einsperren wird, und dann? Soll ich auswandern?"

Indra seufzte. So ganz waren Snuffys Einwände nicht von der Hand zu weisen. Ihr brummte der Schädel. „Was willst du dann machen?"

„Nächste Woche kommen meine Eltern zurück. Ich weiß

nicht genau an welchem Tag. Mein Vater nimmt auf den Rückflügen immer noch alle möglichen Geschäftstermine mit. Aber nächste Woche ist sicher. Ich erzähl ihnen alles. Sollen die sich doch endlich Mal den Kopf zerbrechen. Aber bis dahin, bis dahin müssen die drei glauben, ich tue genau, was sie wollen." Erschöpft ließ sich Snuffy auf eines der Sitzkissen plumpsen.

„Aber dann weißt du doch, was du machen willst. Wozu brauchst du mich dann noch?"

Snuffy zeichnete mit dem Zeigefinger die Rillen des Teppichbodens nach. „Eigentlich weiß ich es erst, seit ich es dir erzählt habe. Außerdem würde ich wirklich gerne hier bleiben. In Marienburg können die jederzeit über mich herfallen, die sind absolut unberechenbar."

Indra strich sich über die Stirn. „Ich weiß nicht, ob das geht, aber fragen kann ich ja mal." Ihr Blick fiel auf den Rucksack. „Aber das Zeug hier, das -"

Ehe sie den Satz beenden konnte, wurde die Zimmertür aufgerissen. Mit nacktem Oberkörper, das dünne, dunkle Haar wirr um den Kopf und die Augen gerötet, stand ihr Vater in der Tür.

„Was ist das hier eigentlich? Sonntags herrscht Ruhe in diesem Haus. Haben deine Freunde kein Zuhause, dass sie sich schon morgens bei dir einfinden müssen?"

Eine Wolke von Schweiß und Alkohol wehte in Indras Zimmer. Indra war leichenblass geworden. Nie, nie hatte sich ihr Vater am Sonntagmorgen gezeigt. Das erste Mal seit langem saß jemand, der nicht zur Familie gehörte, in ihrem Zimmer, und da lieferte er sich einen solchen Auftritt. Indra traten die Tränen in die Augen.

„Das ist mein Zimmer!" schrie sie außer sich, „ich kann hier Besuch haben, wann ich will. Der Einzige, der hier nichts zu suchen hat, bist du."

Erschüttert über ihre eigenen Worte, legte Indra die Hand vor den Mund. Beinahe erwartete sie, dass ihr Vater sich auf sie stürzte und sie wieder schlug. Aber er blieb in der Tür stehen. Er schwankte ein wenig, dann trat er zurück und schloss die Tür, ohne noch ein Wort zu sagen.

Snuffy sah Indra an. „Ganz schön bedröhnt dein Alter. Hat er das öfter?"

Indras Augen bekamen einen Ausdruck als ob sie eine Brille aufsetzte. „Ja", antwortete sie hart, „und gerade eben, als du Idiot reingeplatzt bist, habe ich zum ersten Mal mit meiner Mutter darüber geredet. Zufrieden?".

Snuffy wurde rot. Aber nur ganz leicht. Schließlich war der Schlamassel, in dem er selber steckte, noch fetter.

„Tut mir Leid."

„Tut mit Leid, tut mir Leid! Ich hab genug Probleme, merkst du das eigentlich nicht?"

„Kann ich denn trotzdem hier bleiben?"

Indra seufzte. Gegen Snuffys Dickfelligkeit kam sie nicht an. Oder war es Hartnäckigkeit? Oder die Angst vor Zeck und seinen Freunden? Sie konnte einfach nicht einschätzen, was Snuffy so auf ihre Hilfsbereitschaft pochen ließ.

„Also gut, ich werde mit meiner Mutter reden. Aber das da", sie wies auf den Rucksack, „bleibt nicht hier."

„Bis morgen, okay?" Snuffy sah sie bittend an. „Wenn du in die Schule gehst, bring ich's weg."

***

Jan ließ seinen Blick schweifen. Von den Schiffen an der Anlegestelle über die Hohenzollernbrücke zu den Domspitzen und wieder zurück. Er fragte sich, ob die anderen Kölner auch so stolz auf ihre Stadt waren wie er. Natürlich gab es auch Ecken in Köln, die weniger toll waren. Aber allein der Rhein und der Dom. Als hätten Natur und Kultur an einer Stelle eine Trumpfkarte aus dem Ärmel gezogen. Er steckte die Hände in die Hosentaschen und schlenderte seinen Eltern hinterher. Papas Arm um Mamas Schulter, ihr Arm um seine Hüfte. Wie ein verliebtes, junges Paar. So gingen sie oft. Früher war ihm das selbstverständlich gewesen, erst als seine Freunde darüber witzelten, merkte er, dass sie nicht die typischen Vertreter eines alten Ehepaares waren. Indra dachte ganz anders darüber. „Ich finde es schön, dass deine Eltern sich noch so gerne haben", hatte sie irgendwann mal geäußert. Und der Ernst, mit dem sie das gesagt hatte, hatte ihn diesen Satz in ein stets abrufbares Erinnerungskästchen stecken lassen, dorthin, wo bereits das Bild vom Einzugstag aufbewahrt wurde.

Jan versuchte seine Eltern im Auge zu behalten. Sonntags bei schönem Wetter sollte man die Frankenwerft als Kölner eigentlich meiden. Aber bei Bergers war von jeher der Sonntag Ausflugstag gewesen, da würde auch der Massentourismus nichts dran ändern. Früher war Oma noch mitgegangen, aber jetzt saß sie lieber in ihrem Zimmer oder im Garten und las.

„Wenn meine Augen nicht mehr können, dann mag ich auch nicht mehr", pflegte sie zu sagen," bete für das Augenlicht deiner alten Oma, Junge", und Jan versprach es ihr dann auch hoch und heilig. Allerdings fragte er sich manchmal, was der liebe Gott wohl von einem Jungen hielt, der ihn regelmäßig um das gesunde Augenlicht der Oma anhielt, aber sonst so gut wie kein Gespräch mit ihm suchte. Manchmal entschuldigte er sich sogar dafür, aber vielleicht war der Herrgott so beschäftigt, dass er froh war, in Jan einen recht unkomplizierten Fall vor sich zu haben. Jan war klar, dass er das nicht so stehen lassen konnte. Sein Verhältnis zu Gott hatte er noch nicht geklärt, aber zurzeit sah er auch noch keinen Handlungsbedarf.

Im Moment beschäftigte ihn vor allem Indra. Da hatte auch die wunderschöne Schiffsfahrt nichts dran geändert. Mit dem Ärger im Bauch war er froh gewesen, sich den Eltern anschließen zu können und nicht den ganzen Sonntag im eigenen Saft zu schmoren.

Aber dieses Hochgefühl, das ihn früher immer erfüllt hat, wenn er mit den Eltern loszog, wollte sich nicht mehr einstellen. Missmutig musste er sich eingestehen, dass er lieber den ganzen Tag mit einer knatschigen Indra als mit seinen fröhlichen Eltern verbringen würde. Er sah sich jetzt schon wieder am Fenster stehen und auf ihr Haus starren.

„Jan!"

Sein Vater wedelte mit einer Zeitung in der Luft, die er gerade erstanden haben musste. Das war bestimmt der Express. Den holte sein Vater sonntags immer, auch wenn seine Mutter sich darüber aufregte. Das war eine der Kleinigkeiten, über die sie sich gerne stritten. Aber eher so wie im Schaukampf. Wie erwartet redete Mutter in einem fort auf Papa ein, und der schien das zu genießen. Grinsend erwartete er Jan und schlug ihm mit der zusammengedrehten Zeitung leicht auf die Schulter.

„Wo bleibst du denn? Wir haben uns entschlossen, doch gleich nach Hause zu fahren, da können wir noch mit Großmutter im Garten sitzen."

Jan war das recht. Die Wahrscheinlichkeit Indra auf der Frankenwerft zu treffen, war deutlich geringer, als ihr zu Hause zu begegnen. Zufrieden folgte er seinen Eltern zur Haltestelle Heumarkt. Sie fuhren nie mit dem Auto in die Stadt. Und mit dem Rad hatte seine Mutter heute keine Lust gehabt. Als die 9 einfuhr, zog Jan seinem Vater die Zeitung aus der Hand.

„Darf ich?" Sein Vater nickte, während seine Mutter einen missbilligenden Blick auf das Blatt warf.

Erst nachdem sie eine nicht enden wollende Menschenschlange aus der Bahn hatten aussteigen lassen, konnten sie endlich hinein, und Jan ließ sich auf einen Sitz fallen. Er faltete die Zeitungt auseinander. Als Erstes blickte ihm natürlich wieder eine dieser nackten Damen entgegen, über die sich seine Mutter besonders gerne aufregte. Frauenfeindlich, Sexobjekt und ähnliches waren die Schlagwörter, die seinem Vater und ihm dann um die Ohren flogen. Dabei interessierte sich Papa vor allem für die Sportergebnisse, die Damen blickte er ganz offensichtlich nur länger an, weil er seine Frau damit auf Hundert bringen konnte. Jan blickte neugierig auf das Foto, weil er eine nackte Frau in Natura selten zu sehen bekam. Aber irgendwelche Gefühle stellten sich dabei nicht ein, die kamen erst, wenn er an Indra dachte und sich fragte, wie sie wohl so unbekleidet aussehen würde. Er schämte sich ein bisschen über seine Gedanken. Ihm würde es schon reichen, wenn er sie in ihrer üblichen Kluft aus Top und Hose in den Arm nehmen könnte und sie küssen dürfte, wie sie es diesem Oli-Doof erlaubt hatte. Snuffy Armani hatte sie, soweit er wusste, noch nicht geküsst, das ließ hoffen. Seufzend blätterte Jan weiter, bis sich sein Blick an einer Schlagzeile unter der Rubrik „SchnellSchnellerExpress" festharkte

Mädchenleiche im Grüngürtel

Ein entsetzter Jogger meldete gestern Morgen der Polizei den Fund eines toten Mädchens über sein Handy. Wie abgelegt lehnte die etwa 17- Jährige an einem Baum in der Nähe eines Schachtbauwerks bei Köln Marienburg.

Schachtbauwerk ... Damit konnte doch nur die Baugrube des Vorfluters gemeint sein ... Plötzlich brach ihm der Schweiß aus. Mit aller Macht versuchte er die Kontraktionen seines Magens in den Griff zu bekommen. Nein, die Röhrenparty hatte bestimmt nichts damit zu tun. Obwohl, die Ortsbeschreibung ließ nur einen Schluss zu. Doch das musste Zufall sein, ein idiotischer Zufall. Aber worüber hatte Indra sich gestern so aufgeregt? Jetzt wurde klar, womit Snuffy sie so durcheinandergebracht hatte. Trotzdem, Jan versuchte sich zu beruhigen, das Mädchen musste kein Partygast gewesen sein. Aber dann hätte die Angelegenheit auch für Snuffy keine Bedeutung. Außer, dass man in keiner Ecke der Welt richtig sicher war. Aber dafür wäre Indra nicht so aufgesprungen. Es hatte ja fast ausgesehen, als hätte sie Snuffy persönlich Vorwürfe gemacht. Es musste mit diesem Rave zu tun haben. Jan schluckte schwer. Das Ganze nahm Dimensionen an, die nicht nur den Ruch des Unerlaubten trugen. Jetzt wunderte er sich nicht mehr, dass Indra so geschockt ausgesehen hatte.

„Jan? Ist dir nicht gut?" Seine Mutter sah ihn prüfend an.

Langsam legte er die Zeitung zusammen. Also seinen Eltern würde er von der Sache vorläufig nichts erzählen. Die würden ja voll vom Glauben abfallen.

„Ach nein, mir war nur plötzlich so flau. Aber es geht schon wieder."

„Na, dann ist ja gut." Frau Berger musterte ihren Sohn noch einmal mit scharfem Blick, wandte sich aber dann wieder ihrem Mann zu

Jan dankte dem Himmel oder wer weiß wem, dass seine Eltern so diskussionsfreudig waren, denn ein guter Schauspieler war er nicht. Was hatten Indra und ihr neuer Freund jetzt vor? Waren sie vielleicht schon zur Polizei gegangen? Oder wollten sie die Klappe halten, damit ihre nächtlichen Umtriebe nicht bekannt würden? Vielleicht hatte das Mädchen ja wirklich nichts mit dieser Röhrenparty zu tun. Aber das bezweifelte Jan irgendwie. Der Zufall wäre einfach zu extrem. Langsam schaffte er es wieder ruhig durchzuatmen. Auf sich beruhen lassen konnte er die Sache jedenfalls nicht. Er würde Indra die Nachricht vor die Nase knallen. Spätestens morgen in der Schule.

13

Snuffy fühlte sich gut. So wie als kleiner Junge beim Weihnachts-plätzchen essen. Alles schien so harmonisch. Die Küsters hatten keine Küche, die mit modernem Schnickschnack vollgestellt war, wie er es von zu Hause kannte. Zig elektrische Geräte, die so gut wie nagelneu waren. Hier schien alles seine Funktion zu haben. Was herumstand wurde auch benutzt: der Toaster, die Warmhalte-kanne, die Obstpresse.

„Macht deine Mutter jeden Morgen so 'nen Aufstand?"

„Stört dich das?" fragte Indra zurück.

„Nein, im Gegenteil. Zeck und ich haben vor der Schule selten was gegessen, darum ist unsere Mutter irgendwann einfach im Bett geblieben. Und die Haushälterinnen sind so früh noch nicht gekommen. Ist doch cool, einen effen Wochentag mit ge-meinsamem Frühstück zu beginnen."

„Früher hat meine Mutter das immer so gemacht. Sie fin-det, Frühstück ist die wichtigste Mahlzeit am Tag. In letzter Zeit ist ihr ein bisschen die Luft ausgegangen."

Indra sah nachdenklich vor sich hin. „Dein Besuch lässt sie richtig zur alten Form auflaufen."

Sven nickte eifrig. Bisher hatte er schweigsam seine Zim-ties reingeschaufelt. Jetzt schob er die Schüssel zurück. „Irgendwie gut, dass du da bist. Bringt ein bisschen Abwechslung in unsern Trott."

Frau Küsters bog in die Küche. So schwungvoll hatte Indra sie morgens schon lange nicht mehr erlebt. „Müsst ihr nicht los?"

Indra warf einen Blick auf die Küchenuhr. Halb acht. Heute wollten sie die Räder nehmen, weil Snuffys Weg ziemlich weit war. Sie stand auf.

Snuffy erhob sich ebenfalls. „Vielen Dank für Ihre Gastfreundschaft, Frau Küsters."

Sie winkte ab. „Kein Problem, nur sagt nächstes Mal etwas früher Bescheid."

„Okay, tschau dann", Indra hob kurz die Hand und verließ schnell die Küche. Ihre Mutter war am Vorabend so bereitwillig auf ihr Anliegen eingegangen, dass sie ein schlechtes Gewissen hatte. Dass Snuffy aus Marienburg kam und im Moment alleine war, hatten sie erzählt, aber von den echten Schwierigkeiten natürlich nichts.

Rucksäcke und Taschen hatten sie schon vor dem Frühstück unter der Garderobe abgelegt. Indra warf einen skeptischen Blick auf Snuffys Rucksack.

„Keine Panik, das Zeug siehst du nicht wieder." Snuffy hatte Indras Blick bemerkt.

„Was ist denn da drin?", fragte Sven neugierig.

Indra wurde rot.

„Nichts für dich, Kleiner", antwortete Snuffy.

Das war die richtige Bemerkung für Sven. Scherzhaft zerrte er an dem Rucksack. „Nun zeig' schon. Sonst kannst du nächstes Mal im Keller übernachten."

Sich gegenseitig anrempelnd traten sie vor die Haustür.

„Jetzt lass gut sein, Sven", Indra sah schon die Pillen durch die Gegend fliegen. Und wie Sven ‚Kamelle' rief und sich eines der bunten Teile in den Mund steckte. Ihr wurde ganz flau. „Sven!" brüllte sie deshalb lauter als beabsichtigt, als er nicht aufhören wollte, an Snuffy herumzuzerren.

Erstaunt sah Sven sie an. Dann lief er beleidigt zur Garage hinunter.

Als sie alle drei zusammen mit ihren Rädern auf die Straße traten, rollte Jan von gegenüber heran.

„Fahren wir zusammen?", fragte er Indra, ohne Snuffy eines Blickes zu würdigen.

Indra bezog seine Reserviertheit auf Samstagnachmittag.

Auch wenn es ihr schwer fiel, lächelte sie ihn freundlich an, immerhin konnte er überhaupt nichts für ihre tausend Probleme.

„Hey, Jan. Tut mir echt leid wegen vorgestern, war keine Absicht. Aber Snuffy hat mir so was Unglaubliches erzählt, ich war ganz durcheinander."

„Was Unglaubliches", na das war vielleicht eine Umschreibung. Aber dass sie sich entschuldigte, gefiel ihm. Jan entspannte sich etwas. Als der Dämlak mit Sven und Indra aus dem Haus gekommen war, hätte er beinahe einen Rückzieher gemacht und sich hinterm Busch versteckt. Aber dann hatte er doch schnell sein Rad aus dem Garten geholt. Die Zeitung wollte er Indra so oder so zeigen, also konnte er auch gleich herausfinden, ob dieser Snuffy inzwischen zur Familie gehörte.

„Morgen, Jan", machte Sven sich bemerkbar, „kleine Leute übersieht man gerne, was?"

„Hallo, Zwerg", Jan grinste leicht über Svens Ärger, „ im Gegenteil. Ich wollte gerade fragen, wer du bist. Noch ein Verehrer von Indra, hab ich gedacht."

„Idiot", gab Sven zurück, aber er war schon wieder besänftigt.

Sie fuhren los und bogen schweigend in die Simmerer Straße ein. Jan fuhr wie selbstverständlich neben Indra, und damit sie nicht die ganze Straße einnahmen, blieb Snuffy bei Sven. „A-... geige" dachte Snuffy. Er war felsenfest überzeugt, dass dieser Jan auf Indra stand. Plötzlich fiel ihm auf, dass er sich darüber ärgerte. Drehte er jetzt ganz durch? In letzter Zeit kam er mit sich überhaupt nicht mehr klar. Solange er denken konnte, war er nicht eifersüchtig wegen irgendeinem Mädchen gewesen. Das fehlte ihm jetzt noch. Wenn er sich in diesem Chaos jetzt noch verlieben würde, konnte er sich gleich einsargen lassen. Indra war cool, dabei wollte er es erst mal belassen. Trotzdem, dieser Jan sollte sich nicht zuviel einbilden. Als sie auf die Neuenhöfer Allee einbogen, zog er entschlossen nach vorn und fuhr auf den Gehweg rechts neben Indra.

„Mann, Snuffy, das geht nicht", rief sie, „guck mal die Fußgänger da vorne."

Sie ließ sich zurückfallen und radelte nun neben ihrem Bruder, während Jan und Snuffy nebeneinanderher trampelten. Na,
das war ja super. Snuffy warf Jan einen Blick aus den Augen-win-
keln zu, aber der guckte stur geradeaus. Sie trampelten verbissen
nebeneinander her, bis zur Ampel Berrenrather Straße, da mussten
sie dann feststellen, dass niemand mehr hinter ihnen war. Auf
Höhe der Münstereifeler entdeckten sie schließlich Indra und
Sven.

„Was geht denn da ab?", fragte Snuffy, ohne eine Antwort
zu erwarten.

„Sven geht aufs Schiller-Gymnasium, sie verabschieden
sich halt", brummte Jan. „Auf welche Schule gehst du?"

„Aufs Irmgardis", antwortete Snuffy kurz. Dass er gerade
eine größere Pause eingelegt hatte, musste er diesem Musterkna-
ben ja nicht auf die Nase binden. Warum kam der ihm nur so
schrecklich brav vor?

„Kennst du Indra schon lange?", bohrte Jan.

„Wieso? Du weißt doch, dass ich sie Freitag vor der Schule
angelabert habe. Oder wieso bist du plötzlich im Café aufgetaucht?"

Jan wurde rot. Snuffy war nicht auf den Kopf gefallen.
„Ach, ich dachte ihr kennt euch vielleicht schon länger, wo du
doch bei Küsters übernachtet hast." Jetzt war's raus. Wie
peinlich. Das raffte der Dressman doch gleich, wie die Frage gemeint war.

Snuffy schnallte auch sofort, woher der Wind wehte. Ha,
den Gefallen würde er dieser Dumpfbacke aber nicht tun und ihm
erzählen, dass er in Svens Zimmer gepennt hatte. Indras Mutter
hatte darauf bestanden. Was Erwachsene sich bloß immer gleich
vorstellten.

„Ich habe Schwierigkeiten zu Hause, deshalb hat Frau Küsters es eben erlaubt."

„Aha." Jan fand die Antwort nicht sehr befriedigend. Aber in diesem Moment kam Indra angeprescht.

„Wir hätten mit Sven bis zum Gürtel fahren können. Snuffy muss doch eh' nach Marienburg und wir rüber zum Gottesweg.", rief sie.

„Können wir ja immer noch." Jan wies mit dem Kinn die Berrenrather runter zum Gürtel.

Sie fuhren wie besprochen. Aber geredet wurde kaum. Der Morgenverkehr war so stark, dass sie meistens hintereinander fahren mussten. Jan wartete nur darauf, dass Snuffy endlich abhaute. An der Luxemburger Straße war es soweit. Jan und Indra bogen ab und Indra winkte Snuffy noch kurz zu, dann konnten sie ihn endlich nicht mehr sehen.

Jan atmete auf. Aber das Härteste hatte er noch vor sich. Indra den Artikel vor den Bug knallen und auch noch zugeben, dass er ihr nachspioniert hat. Vielleicht sollte er ihr die Zeitung einfach heimlich zuspielen und gucken, wie sie reagierte. Sie überquerten den Gottesweg und fuhren die Linzer Straße entlang. Er schaute Indra an. Hier, auf der kleineren Straße konnten sie endlich nebeneinander fahren.

„Ist was?" fragte Indra, als sie Jans Blick bemerkte.

„Du bist mit diesem Snuffy schon ziemlich dicke, was?"

„Wieso?"

„Na, immerhin hat er bei euch übernachtet."

Indra bremste plötzlich und blieb mitten auf der Straße stehen. Ihre grauen Augen, die sonst gerne die Farbe des Himmels annahmen, waren ganz dunkel.

„Sag mal, was geht dich das eigentlich an? Du tauchst neuerdings an allen möglichen und unmöglichen Stellen auf. Spionierst du mir hinterher?"

Jan war ebenfalls stehen geblieben, obwohl ein Auto hinter ihnen hupte. Sie erkannten ihre Mathelehrerin, die verständnislos den Kopf schüttelte. Genervt zwängten sie sich mit den Rädern zwischen parkende Autos hindurch auf den Bürgersteig.

Indra hatte den Nagel auf den Kopf getroffen, aber Jan wollte das so schnell nicht zugeben.

„Also, was?", fragte sie, „wo steckt überhaupt Marco, mit dem hängst du doch sonst immer rum?"

„Marco war am Wochenende nicht da."

„Aha, und da dachtest du, da guck ich mal, was Indra macht?"

„Und warum nicht?" Jan wurde langsam wütend. „Wir waren früher doch genauso viel zusammen."

„Früher!", schrie Indra, „früher, früher, früher. Früher ist vorbei."

Sie hielt das alles nicht mehr aus. War das mit Snuffy und ihrem Vater nicht genug, was wollte jetzt auch noch Jan von ihr? Jan würde ihre Probleme nie verstehen. Der mit seinem Schub-ladenrütteln.

Jan wusste nicht, wie er mit dem plötzlichen Ausbruch umgehen sollte. Sie musste echt unter Druck stehen. Vielleicht war es ja sogar gut für sie, wenn er seine Mitwisserschaft zugab. Kurz entschlossen nahm er den Rucksack ab und zog die Zeitung raus.

Indra sah ihm verwundert zu, bis er ihr die aufgeschlagene Seite vor die Nase hielt. Als sie den kleinen, rotmarkierten Artikel entdeckte, traf es sie wie ein Schlag. Immer wieder musste sie die wenigen Zeilen lesen. „Mädchenleiche im Grüngürtel... wie abgelegt... 17-Jährige... Schachtbauwerk." Die Worte begannen sich in ihrem Kopf zu drehen.

Entsetzt warf Jan sein Rad hin und versuchte Indra zu stützen, die samt Fahrrad gegen einen der parkenden Wagen gefallen war. Ihr Gesicht war kalkweiß, und Jan bereute seinen Überraschungsangriff.

„Indra", rief er, „tut mir Leid ... ich dachte du wüsstest schon Bescheid."

Indra sah ihn mit weitaufgerissenen Augen an. „Bisher hatte ich immer noch gehofft, dass es nur eine Vermutung war, eine Vermutung ... dass sie eben noch lebte, dass..."

Sie konnte nicht mehr weiter. Sie lehnte sich gegen Jan und wurde von Weinkrämpfen geschüttelt. Jan hielt sie fest, und es brach ihm der Schweiß aus. Niemals zuvor hatte er jemanden so verzweifelt erlebt, er hatte alle Mühe, seine eigenen Tränen zu unterdrücken.

„Sagt mal, habt ihr nicht alle Tassen im Schrank?" Eine ärgerliche Männerstimme ließ Jan zusammenfahren.

„Ihr könnt doch nicht einfach die Räder gegen mein Auto schmeißen, das ist ja unglaublich."

Er kam heran und nahm Indras Rad vom Wagen weg. „Guckt euch das mal an."

Jan starrte den Mann an, dann sah er auf die Autotür. Aber er konnte beim besten Willen nichts erkennen, nichts, vielleicht einen kleinen dunklen Streifen, von Indras Plastikgriff am Lenker. Eine Welle der Wut überrollte ihn. Dieser Mann musste doch sehen, dass hier etwas nicht in Ordnung war, stattdessen machte er sich für einen lächerlichen Strich auf dem Lack ins Hemd.

„Da ist nichts,", sagte er mit einer Stimme, die er selbst noch nie an sich gehört hatte, „ da ist überhaupt nichts, und wenn sie noch nie ein Problem hatten, dass größer war als dieser Strich, dann fallen sie auf die Knie und danken sie Gott dafür, aber lassen Sie andere Leute mit ihrem kleinkarierten Scheiß in Frieden."

Er war von Wort zu Wort lauter geworden und die letzten Worte hatte er regelrecht gebrüllt. Indra sah ihn überrascht an und fuhr sich mit der Hand durchs Gesicht, um die Tränen weg-zuwischen. Er drückte sie noch einmal an sich.

„Schaffst du es bis zur Schule?"

Sie nickte.

Jan nahm dem Mann Indras Rad aus den Händen und gab es ihr. Dann griff er nach seinem Fahrrad und hob die Zeitung auf, die zu Boden gefallen war. Ohne den aufgeplusterten Mann noch einmal anzuschauen, setzten sie sich langsam in Bewegung. Der Mann sah ihnen sprachlos hinterher. Dann zog er ein Stofftaschentuch aus der Hosentasche und befeuchtete es mit Spucke. Er rieb zweimal über den Lack, womit der der Strich verschwunden war.

***

Snuffy trampelte wütend den Gürtel entlang. Er wäre jetzt viel lieber mit Indra gefahren als nach Marienburg. Dort würde er bestimmt wieder Frau Nickels in die Arme laufen, und auf ein Gespräch mit der konnte er echt verzichten. Hätte er doch bloß die Scheißpillen nicht mit zu Indra genommen. Dann hätte er dort gemütlich warten können, bis sie aus der Schule zurückkehrte. Er überlegte, ob er zum Irmgardis fahren sollte, dann würde der Vormittag schneller vorübergehen. Aber den Gedanken verwarf er wieder. Dass würde nur Stress geben. Jeder würde wissen wollen, wo er so lange gesteckt hatte. Und so ganz unvorbereitet in die neue Klasse tapern war auch nicht der Hit. Und außerdem hatte er nichts in seiner Umhängetasche als diesen verfluchten Beutel. Mit solchen Aktionen würde er Fortuna bestimmt endgültig vergraulen. Nee, mit der Schule starten wollte er erst wieder, wenn seine Eltern da waren. Als fürsorglicher Papi war sein Vater bislang ja noch nicht in Erscheinung getreten, aber reden konnte der. Der würde in der Schule schon das richtige labern, wenn er sich erst Mal beruhigt hatte. Wenn! Snuffy versuchte sich erst gar nicht erst auszumalen, wie die Story von Zeck bei seinen Eltern einschlagen würde. Jetzt nur an das Nächstliegendste denken, sonst würde er schlapp machen. Er musste durchhalten. Er konnte Zeck nicht anzeigen. Er überlegte, was sein Bruder anstellen müsste, damit er zur Polizei rennen würde. Jemanden umbringen? Schnell schüttelte er diesen Gedanken wieder ab. Er würde den Eltern ja nichts verraten, wenn Zeck sich nicht so verändert hätte. Dass er ihn platt machen lassen wollte, war einfach zu hart. Von dem Angriff auf der Luxemburger tat ihm jetzt noch die Schulter weh.

Auf Höhe der Deutschen Welle verrenkte er den Hals. In alle Welt wurden von hier aus gesendet. Kurz stellte er sich vor, wie er hinein rennen und selbst eine Nachricht durch den Äther schicken würde. „Mama, Papa, euer Sohn braucht euch!" Wenn so eine Nachricht in Amerika ankäme, würden seine Eltern das garantiert nicht auf sich beziehen. „Mama" und „Papa" hatten Zeck und er nie gesagt. Die Eltern fanden das albern. Allerhöchstens „Vater"' und „Mutter", aber am besten noch die Vornamen. Hörte sich doch schön partnerschaftlich an. Also, Herr Leonhard Baumeister und Frau Melissa Baumeister, sie werden dringend gebeten in Köln anzurufen.

Snuffy wunderte sich über sich selbst. So ausführlich hatte er schon lange nicht mehr nachgedacht. Sonst hatte immer nur ein Gedanke in seinen Gehirnwindungen gehockt: „Zeck, Zeck, Zeck". Er war wie besessen gewesen. Alles hatte er ihm recht machen wollen, bis Indra seinen Weg gekreuzt hatte. Indra, deren Vater wirklich kein Prunkstück war, und die trotzdem nicht alles hinschmiss. Sie rannte nicht mit Pullen rum, von wegen „Hicks" mein Alter säuft, also sauf ich auch. Indra suchte einen Ausweg, das merkte man genau. Sie schüttelte nicht mal ihn ab wie eine lästige Laus, sie fühlte sich verantwortlich, nur weil sie mit in der Röhre gewesen war. Dieser blöde Spruch „der oder die ist was Besonderes", er hatte immer gedacht so 'n Gesülze. Aber auf Indra passte er, so blöd es sich anhörte.

Mit dieser Feststellung bog Snuffy in die Leyboldstraße ein, und da traf ihn beinahe der Schlag. In einiger Ferne, aber unverkennbar vor der Toreinfahrt seines Elternhauses stand ein Streifenwagen. Ein Polizist unterhielt sich mit Frau Nickels. Snuffys Herz schlug bis zum Hals. Er machte so abrupt kehrt, dass er beinahe gestürzt wäre. Nach ein paar Metern auf der Goethe Straße stoppte er und atmete tief durch. Er zitterte am ganzen Körper. Wenn Polizei ins Spiel kam, würden Zeck, Kermit und Rüdiger sich an ihn halten, an keinen anderen. Aber er hatte nichts verlauten lassen, nichts. Ob Indra ... nein, das glaubte er nicht, er wollte es nicht glauben. Er würde sie geradeheraus fragen. Aber welchen

Sinn hätte das Ganze? Sie hatte doch mit ihm den Warteplan abgesprochen. Er sollte heute Nachmittag wieder zu ihr kommen. Snuffy stand mitten auf der Straße und hätte am liebsten laut geschrien. Er hielt das Rad mit den Beinen und drückte die Hände an die Schläfen. Er musste sich zusammen reißen. Entschlossen packte er das Rad und drehte es herum. Vorsichtig pirschte er sich an die Straßenecke heran und prallte zurück, als im gleichen Moment das Polizeiauto vorbeifuhr. Er schüttelte sich. Noch ein paar solcher Gags und er würde mit einem Infarkt eingeliefert. Vielleicht wäre das ja das Beste, dachte er. Gemütlich im Krankenhaus abwarten, bis seine Eltern kämen. Etwas wackelig schwang er ein Bein übers Rad und fuhr die letzten Meter bis zum Tor. Er klingelte.

„Ja, bitte?" quäkte Frau Nickels Stimme durch den Lautsprecher.

„Ich bin's, Snuffy." Er wusste, dass sie jetzt durchs Kameraauge starrte, auch wenn sie seine Stimme erkannt hatte. Sie liebte dieses bombasti-sche Getue. Im gleichen Augenblick ertönte der Summer und er drückte das Tor auf. Er rannte den Kiesweg entlang und schmiss das Rad vor die Tür. Frau Nickels öffnete, sie trug den Sommer-blazer noch über dem Arm.

„Was wollte denn die Polizei eben?", fragte er atemlos.

Frau Nickels wurde rot. „Die hast du gesehen?"

Snuffy wunderte sich über ihre Reaktion. Es war ja gerade, als hätte diese Schleimerin was zu verbergen.

„Ich kam gerade vom Gürtel, als der Polizist hier einstieg", sagte er leichthin.

Frau Nickels hängte die Jacke auf einen Bügel im Garderobenschrank. „Ach, irgendein Dummkopf hat deinen Bruder mit unerlaubten Partys in Zusammenhang gebracht und hier die Adresse angegeben."

Also doch. Snuffy ließ sich auf einen Sessel fallen, den seine Mutter mit einem passenden Tisch im Eingangsbereich drapiert hatte.

„Ich hab natürlich gesagt, dass das Quatsch ist. Der junge Herr Baumeister wäre ein engagierter Jurastudent und zudem würde die ganze Familie zurzeit in Amerika sein."

Snuffy starrte Frau Nickels mit offenem Mund an. Wie locker ihr so eine Story über die Lippen ging. Ob sie den Polizisten genauso unverblümt angelogen hatte?

„Deine Eltern haben mir ein Telegramm geschickt. Sie werden Samstagnacht, spätestens Sonntag früh hier eintreffen. Falls die Polizei noch mal kommt, wird dein Vater schon wissen, was zu tun ist. So, und jetzt muss ich das Haus auf Vordermann bringen."

Snuffy starrte ihr hinterher, wie sie geschäftig in die Küche eilte, und wie immer wurde ihm beim Anblick des Haarknötchens auf ihrem Hinterkopf kotzübel.

14

Indra saß in ihrer Schulbank und starrte auf Jans blonden Hinterkopf. Er saß drei Reihen vor ihr. Sie wunderte sich, wie wenig sie ihn beachtet hatte, nachdem Esther weggezogen war und nachdem ihr aufgegangen war, was es mit den Trinkgewohnheiten ihres Vaters auf sich hatte. Sie war sich so winzig vorgekommen, wie Alice im Wunderland, die aus dem Fläschchen trinkt. Nur innerlich hatte sie sich groß gefühlt. Und Jan und Marco waren klein geblieben. Niemand war ihr ebenbürtig vorgekommen. Bis sie sich in Oli verliebt hatte.

Ihr Blick glitt nach links außen. Und als hätte er es gespürt, drehte er sich um. Für einen kurzen Moment verhakten sich ihre Blicke, dann guckte er schnell wieder nach vorne. Er sah auch ganz schön mies aus. Ob er sie in der Röhre gesehen hatte? Gesagt hatte er nichts. Und das mit dem Mädchen. Hatten er und Susa das mitbekommen? Sie waren ja auf jeden Fall später gegangen. War auch egal. Sie starrte wieder auf Jans Hinterkopf, und prompt drehte auch er sich um. Fragend schaute er sie an. Sie schüttelte leicht den Kopf und hielt einen Daumen hoch.

„Indra." Frau Altmann schaute sie erwartungsvoll an.

Indra riss überrascht die Augen auf. „Was?"

„Aber du hast doch gerade die Hand gehoben."

„Tut mir Leid, das war ein Versehen."

Frau Altmann schüttelte den Kopf. „Du hast seit Ende letzten Jahres ziemlich abgebaut, ich hoffe, das geht jetzt nicht so weiter."

Die Mathelehrerin nickte einer anderen Schülerin zu, die brav die erwünschte Formel runterrasselte. Indra lehnte sich seufzend zurück. Am besten wäre, sie würde die Woche krank-machen. Dann wäre vermutlich alles überstanden, auch für Snuffy.

Aber den ganzen Stoff einfach verpassen. Frau Altmann hatte Recht, so blendend stand sie nicht mehr, seit ihrem Liebeswahn.

Nein, sie würde durchhalten. Jetzt, wo Jan Bescheid wusste, war es leichter. Sie konnte über alles mit ihm reden. Er war dafür gewesen zur Polizei zu gehen, vor allem wegen Snuffy. Aber als sie erklärt hatte, warum sie lieber warten wollten, fand er das auch noch in Ordnung. Sie selbst konnte vor allem das Argument mit Zeck nachfühlen. Egal, was Sven angestellt hätte, es wäre grauenhaft für sie, ihn bei der Polizei melden zu müssen. Nee, das war wirklich Sache der Eltern. Und das mit Kermit und Rüdiger. Polizeischutz kriegte man doch sowieso erst, wenn schon was passiert war, oder? Nur weil man mal verhauen worden war, gab es doch nicht direkt Leibwächter. Außerdem wusste Snuffy nichts Näheres über sie. Nur die Vornamen, und Kermit war hundertpro nicht der echte. Auf gut Glück stellte sich die Polizei bestimmt nicht in die Gegend, also war es auch egal, wenn man noch nichts sagte. Sie merkte genau, wo sie sich ein wenig bekrückte. Die Polizei hätte sicher gerne ein paar Auskünfte zu der Sache mit dem Mädchen gehabt. Sie würde ja auch alles sagen, was sie wusste, aber erst wenn für Snuffy alles geklärt wäre. Erleichtert über diesen Entschluss folgte sie für ein paar Sekunden den Ausführungen der Lehrerin, aber dann wanderte ihr Blick schon wieder zu Jan.

***

Snuffy zog den Reißverschluss der Sporttasche zu. So, das müsste reichen für die paar Tage, die er bei Indra verbringen wollte. Er ging zum Schreibtisch und prüfte ein letztes Mal, ob dasFach auch wirklich abgeschlossen war. Erst hatte er ja an so abenteuerliche Verstecke gedacht, wie die Gefriertruhe im Keller oder die Garage mit den Gartengeräten. Aber solche Orte dachten sich nur die Beknackten in den Krimis raus. Dort wühlten doch viel schneller andere Leute rum, als bei ihm im Zimmer, vor allem, wo ja noch keiner wusste, dass er überhaupt etwas zu verbergen hatte.

Zufrieden klopfte er gegen die solide Holzplatte und warf einen Blick auf die Delphinuhr. Punkt zwei. Er hatte noch mal richtig Essen gefasst, aber bereits an Frau Nickels zusammengekniffenem Mund gesehen, dass ihr das heute überhaupt nicht gepasst hatte. Tja, wenn die wüsste. Bald würden die Zeiten vorbei sein, in denen sie für lau Geld einstrich.

Er packte die Tasche und verließ eilig sein Zimmer. Je weiter er von hier weg war, desto besser. Wenn Zeck und seine Kumpel ihn suchten, dann hier. Als er die Treppe hinunterrannte, kam Frau Nickels ihm aus der Küche entgegen.

„Du gehst schon wieder?"

„Ja, die Woche übernachte ich bei Freunden." Er sah wie Frau Nickels Gesicht sich aufhellte. Die ganze Woche kein dummes Blag, das nach Essen fragte.

„Aber am Wochenende bist du doch da?", fragte sie mit zuckersüßer Stimme.

„Klar, was denken Sie", brummte Snuffy und flutschte aus der Tür. Er hängte sich die Tasche über die Schulter und schob sein Rad durch den weißen Kies. Wenn seine Mutter nicht zu Hause bleiben wollte, vielleicht konnte er sie ja dazu bringen eine nettere Haushälterin einzustellen. Jemand, der nicht nur Interesse an dem Haus, sondern auch an den Leuten darin hatte. So jemandem würde er dann auch dreimal soviel Geld gönnen.

Langsam radelte er den Gürtel runter. Es war irgendwie schön, zu normalen Leuten zu fahren. Ihm fiel Indras Vater ein. Na ja, mindestens zu drei viertel Normalen. Auf jeden Fall keine, die von Action zu Action rasten. Er war richtig zufrieden mit sich. Er hatte überhaupt kein Bedürfnis gespürt noch mal in den Beutel zu greifen, bevor er ihn weggeschlossen hatte. Und geschlafen hatte er bei Sven im Zimmer genauso gut wie Samstag, als Indra bei ihm übernachtet hatte. Es war, als müsste nur jemand da sein. Echt da sein. Nicht auf Droge und nicht in Amerika. Sven und Indra waren wirklich da. Er freute sich schon wieder, mit ihnen quatschen zu können. Der grelle Ton einer Autohupe erschrak Snuffy so, dass er einen Schlenker fuhr. Mensch, was war das denn für ein Idi? Schon die ganze Zeit hatte er aus dem Augenwinkel ein Auto bemerkt und erwartet, dass es ihn überholte. Als er sein Rad wieder unter Kontrolle hatte, warf er den Insassen einen wütenden Blick zu und schloss entsetzt für einen Moment die Augen. Nicht schon wieder. Für einen Moment hatte er die Vision von geklonten Rüdigers und Kermits. Die konnten doch nicht ständig und zu allen Zeiten neben ihm auftauchen. Zumindest Kermit auf dem Beifahrersitz hatte er genau erkannt. Er öffnete die Augen wieder. Der Wagen fuhr im Schritttempo neben ihm her und Kermit hatte die Scheibe runtergedreht.

„Halt an!"

Snuffys Körper war auf Flucht gepolt. Ohne nachzudenken stellte er sich auf und trat in die Pedale, wie ein Rennfahrer beim Endspurt. Aber dann schaltete sich sein Hirn wieder ein. Die schwere Tasche auf dem Rücken ... außerdem würden die jetzt bestimmt denken, er hätte einen Grund zu verduften. Schweren Herzens betätigte er die Handbremsen und sah mit Genugtuung, wie seine Verfolger ein ganzes Stück weiterfuhren. Ob es der Überraschungseffekt war oder der Verkehr, auf jeden Fall hatten sie nicht damit gerechnet, dass er einfach stehen blieb. Kurz vor der Brühler Straße lenkten sie den Wagen mit quietschenden Reifen in eine Einfahrt und sprangen aus dem Auto.

Snuffy wappnete sich. Er stellte Rad und Tasche an dem Plastikhäuschen der Bushaltestelle ab, in der eine alte Dame saß und ihn freundlich anblickte. Im gleichen Moment war Kermit schon neben ihm. Er stieß Snuffy gegen das Wartehäuschen.

„Was sollte das, hä ... hä?" Und mit jedem „hä" drückte er Snuffy fester an die Kunststoffscheibe.

„Was meinst du ... ich versteh' dich nicht." Snuffy war wie betäubt durch den direkten Angriff.

„Die Polizei war bei euch. Hast du schon geplappert? Du weißt doch, was dir dann blüht."

Snuffy kamen wieder die Doppelgänger in den Sinn. Wie konnten die das mit der Polizei schon wieder wissen?

„Ich hab' nichts gesagt, ehrlich, nichts. Ich weiß nicht, was die wollten. Frau Nickels hat erzählt, irgendeine Dumpfbacke hätte von verbotenen Partys geplaudert, aber wer, wusste sie auch nicht."

Snuffy brach der Schweiß aus. Er fand es ekelhaft, sich vor diesen Typen rechtfertigen zu müssen, aber er hatte Angst. Er konnte nichts gegen die Angst machen, wenn er an den körperlichen Schmerz dachte, den Kermit ihm zufügen könnte.

„Sie hat den Polizisten gesagt, Zeck und ich seien mit in Amerika."

Kermit blinzelte kurz. Mit so einer Story hatte er wohl nicht gerechnet. Der Druck auf Snuffys Schultern ließ etwas nach. Aber plötzlich packte Kermit ihn am Kragen und drehte den Hemdrand, so dass es Snuffy am Hals eng wurde.

„Wenn du uns verarschst, wirst du dir wünschen, du wärst tot. Wie ist es mit der Location, hast du was?"

Snuffy lief der Schweiß in kleinen Rinnsalen den Rücken hinunter. Daran hatte er überhaupt noch nicht gedacht. Die waren doch wirklich irre. Voll im Stress, aber wieder Party machen wollen. Die waren genauso durchgeknallt wie Zeck.

„Äh, ich suche noch."

Plötzlich ertönte hinter ihm eine Stimme. „Lassen sie das, junger Mann, wie gehen sie denn mit dem Kind um!"

Das musste die ältere Frau sein, die ihn eben so freundlich angelächelt hatte.

Kermit guckte etwas erstaunt, dann grinste er Rüdiger an, der neben ihm stand. Der bog gemächlich um die durchsichtige Scheibe. Kermit folgte ihm mit dem Blick und lockerte den Griff, so dass er Snuffy die Bewegungsfreiheit gab, den Kopf leicht zu drehen.

„Hör mal, Omchen, das alles geht dich einen feuchten Dreck an", sagte Rüdiger gerade mit gefährlich freundlicher Stimme, „und wenn du heute nicht im Krankenhaus landen willst, dann halte dich raus."

Die Frau sah ihn an wie ein hypnotisiertes Kaninchen an, aber als er sich abwandte, schlug sie ihm mit ihrem Schirm kräftig auf den Rücken. Rüdiger hatte damit nicht gerechnet. Er stand für kurze Zeit wie erstarrt, und als er sich wieder umdrehte, hatte er so ein Glitzern in den Augen, dass Snuffy um das Leben der alten Frau fürchtete. Aber die schlug erneut mit dem Schirm zu, und im gleichen Moment bog wie ein rettender Saurier die Linie 130 in die Parkbucht vor dem Wartehäuschen.

„Lass gut sein", schrie Kermit seinem Kumpel zu. Dann drehte er noch mal an Snuffys Hemdausschnitt.

„Und du guckst eine ordentliche Stelle aus. Und komm mir nicht mit einer Scheune oder so was, unterirdisch muss es sein, wie die abgebrochene Party letztens, hast du das kapiert?"

Snuffy nickte. Kermit ließ ihn endlich los, versetzte ihm aber noch einen schmerzhaften Hieb unter die Rippen.

„Damit du weißt, dass wir's ernst meinen."

Er rieb sich die Hände und folgte Rüdiger, der sich schon ins Auto geschmissen hatte. Snuffy drückte den Unterarm gegen die malträtierte Stelle und atmete tief durch. An den Fenstern des Omnibusses klebten ein paar mitfühlende Gesichter. Als das Ungetüm zischend anfuhr, fand Snuffy das Gesicht, das er suchte. Gleich neben der Mitteltür klopfte die alte Dame mit dem Schirmknauf an die Fensterscheibe und lächelte ihm aufmunternd zu. Er sah dem Bus hinterher. Ohne diese Frau hätte ihn sein letztes Fünkchen Mut verlassen. Er war so überzeugt gewesen mit Indras Hilfe den richtigen Weg einzuschlagen. Den Snuffy, der sich noch vorige Woche so toll vorgekommen war, weil sie ihm auf den Leim gegangen war, fand er jetzt regelrecht zum Kotzen. Aber konnte er so einfach die Spur wechseln? Was, wenn seine Eltern den Ankunftstermin mal wieder verschoben? Oder wenn sie Zecks Verwandlung nicht sehen wollten und alles unter den Teppich kehrten? Dann könnten der und die beiden Schweinebacken ihn immer weiter terrorisieren. Und es würde schlimmer werden, weil er ja alles erzählt hätte. Snuffy legte die Hände vors Gesicht. Das wäre die Hölle. Da könnte er sich gleich den Strick nehmen.

***

Indra kaute nervös an ihrem Fingernagel. Das mit Snuffy war schon klar. Ihre Mutter hatte nichts dagegen, dass er die Woche blieb, er musste nur in Svens Zimmer schlafen. Und dass Jan eingeweiht war, tat gut. Ihn schien nichts so schnell umzuwerfen. Aber von dem Pillenbeutel hatte sie noch nichts erzählt und von den Problemen mit ihrem Vater erst recht nicht. Merkwürdig, wie leicht es ihr fiel mit ihm zu reden, nur ihr Hauptproblem, das verschwieg sie. Sie schämte sich zu sehr.

Sie schämte sich für ihren Vater. Snuffy hatte es mitgekriegt. Das war schon ätzend gewesen, aber die Familienfassade vor Jan einstürzen zu lassen, das konnte sie sich gar nicht vorstellen. Sie stand auf und ging hinüber zu ihrem Drachen. Sie fuhr mit den Fingerspitzen über seine Schuppen, die durch die Raufasertapete richtig rubbelig waren. Dann küsste sie ihn mitten auf die Nase.

Sie öffnete die Balkontür und lehnte sich über die Brüstung. Das Rasenstück, das nachmittags in der Sonne lag, flimmerte im Licht. Am Baum hing die alte Schaukel und in der Ecke verrottete der Sandkasten. Alles könnte so schön sein, wenn ihr Vater normal wäre. Von allen Seiten hörte man, dass Alkoholismus eine Krankheit wäre, aber was brachte ihr das? Wenn einer echt krank war, saß man an seinem Bett und hielt die Hand. Was machte man bei einem Kranken, der durch die Gegend taumelte und nach Alkohol stank? Indra biss sich auf die Lippen. Plötzlich bimmelte die Türglocke aufdringlich laut. So als ob einer den Finger draufhielt. Sie guckte auf ihre Armbanduhr. Drei. Das würde Snuffy sein. Aber warum klingelte er Alarm?

Sie sprang die Treppen runter und kam gleichzeitig mit der Mutter an der Haustür an.

„Also, Indra hat mich ja schon vorbereitet, dass du kommst, aber Sturm schellen muss nicht sein", hob sie an, aber Snuffys bleiches Aussehen schien sie von weiteren Tiraden abzuhalten.

„Na, dann komm mal rein", meinte sie nur noch und zog sich in den Garten zurück, wo sie ein Blumenbeet angefangen hatte zu richten.

Indra bedeutete ihm mit dem Kopf, ihr nach oben zu folgen. In ihrem Zimmer ließ Snuffy die Sporttasche auf den Boden plumpsen und fiel selbst auf eines der Sitzkissen. Indra setzte sich im Schneidersitz auf den Teppich.

„Du siehst ja wieder aus! Hast du dich so gehetzt?"

Snuffy schüttelte den Kopf. „Kermit und Rüdiger haben mich angehalten."

Ehe Indra reagieren konnte, erzählte er schnell was vorgefallen war, auch die Sache mit der alten Frau.

„Und das sag ich dir", schloss er atemlos, „wäre diese Miss Marple nicht gewesen, ich wär umgedreht und läge jetzt in meinem Bett, die Decke über den Kopf gezogen. Hat doch alles gar keinen Zweck."

Indra sah ihn ratlos an. Vor allem die Hartnäckigkeit von Zecks Kumpeln machte ihr zu schaffen. War Snuffy denn so gefährlich für die Typen? Oder hatten die einen Hirnschaden?

„Am schlimmsten ist", riss Snuffy sie aus ihren Über-legungen, „dass sie wieder so was Ähnliches wie diesen Röhren-Rave machen wollen. Ich soll den Platz ausgucken, als Beweis dafür, dass ich nicht die Fronten wechsle. Aber ich hab keine Ahnung, wie ich das machen soll. War mir sowieso ein Rätsel, wie die wussten, dass die Baustelle nicht bewacht wurde. Die müssen die Gegend ewig beobachtet haben."

Snuffy beugte sich zu Indra hinüber. „Und soviel Zeit lassen die mir ja gar nicht. Ich kann doch nicht einfach in einen Gulli steigen und sagen ‚Jau, das ist es'."

Indra sah Snuffy grübelnd an. „Die sollten erst mal nur denken, du unternimmst was." Sie sah an die Decke. Letztens hatte sie sich doch noch dieses ganze Röhrensystem vorgestellt, da müsste doch was zu machen sein. Nur so als Hinhaltetaktik...

Es klopfte an der Tür und Sven stand im Zimmer, noch ehe ihn jemand hereingerufen hatte.

„Verdammt, Sven, warum klopfst du überhaupt, wenn du sowieso sofort ins Zimmer stürzt." Indra sah ihren Bruder mit hochgezogenen Brauen an.

„'tschuldigung, hab' nur gehört, dass Snuffy wieder da ist." Sven ließ sich auf das zweite Kissen fallen. Gerade wollte Indra ihn wieder rausschmeissen, da fiel ihr etwas ein. Es kam ihr vor wie eine Erleuchtung.

„Hey, du kommst gerade richtig."

Sven schaute sie überrascht an.

.   „Snuffy braucht deine Hilfe."

„Meine?" Svens Gesichtsausdruck ließ so an seinem IQ zweifeln, dass Indra lachen musste.

„Ihr hattet doch in Bio gerade das Abwassersystem, oder?"

„Na ja", Sven wusste nicht worauf Indra hinauswollte, „nicht das ganze System. Wie waren in Stammheim an der Kläranlage und in diesem bunten Holzhaus, der Villa Öki, da haben wir Wasserproben untersucht und so."

„Aber du hast mir doch letztens auch von dem Rohrsystem erzählt."

„Das haben wir so mehr theoretisch beguckt. Auf einer Karte. Zur Veranschaulichungen stehen da einzelne Röhre direkt auf dem Gelände der Villa . Damit man einen Eindruck von der Größe bekommt."

Indra sank enttäuscht in sich zusammen. „Ihr seid also nicht in einen Kanal gestiegen?"

Sven schüttelte heftig den Kopf. „Bist du verrückt. Da unten gibt's Gase, die dich umhauen können, und wenn du nur eine Lampe anmachst, kann es schon knallen. Da gehen nur Arbeiter mit spezieller Ausrüstung rein. Und dann wartet sogar immer noch einer oben, damit er im Notfall was machen kann."

Indra sah Snuffy an. Der guckte ziemlich mutlos. „Klar, war ja auch noch nicht in Betrieb, das Stück Rohr vom Vorfluter. So was kann ich mir doch nicht aus dem Ärmel schütteln."

„Wieso, was hast du denn plötzlich mit der Kanalisation zu tun?"

Indra sah Sven zweifelnd an. Sie wusste nicht, wie weit sie ihn einweihen sollte. Alles in ihr sträubte sich dagegen, den kleinen Bruder auch noch in die Sache reinzuziehen. Aber Snuffy schien sich selbst seine Gedanken zu machen.

„Ach, ich hab' mich für einen Projekttag ziemlich weit aus dem Fenster gelehnt. In Geschichte haben wir von den Römern gelabert und was die damals schon für ein klasse Abwassersystem hatten. Zum Vergleich sollte was aus der Neuzeit auf den Tisch. Ich hab tierisch angegeben, kann ich auftun und so, weil ich notenmäßig ziemlich unten hänge. Nächste Woche muss ich's vorlegen und habe noch nichts." Snuffy seufzte. Im Geschichten- erfinden war er immer noch einsame Spitze, und dann regte er sich über Frau Nickels auf.

„Also Prospekte hab' ich", meinte Sven eifrig, „ auch ein Bild vom Kronleuchtersaal, wo wir nächste Woche hingehen."

„Das ist es", Indra haute mit der flachen Hand auf den Boden, „da muss Snuffy mit. Du wolltest doch eh fragen, ob noch jemand mit kann. Hast du?"

Sie sah Sven erwartungsvoll an. Der schüttelte verlegen den Kopf. „Hab ich vergessen."

„Macht nichts", meinte Indra zuversichtlich, „heute ist erst Montag, mach es dringend, ja? Du kannst Mama und mich doch auch immer so gut überreden."

Sven sah sie zweifelnd an.

Indra klopfte ihm auf die Schulter. „Komm, dein Lehrer macht das schon. Die freuen sich doch meist über interessierte Jugendliche. Und Snuffy tust du damit einen riesigen Gefallen."

Sie schaute zu Snuffy hinüber. Der nickte nachdrücklich.

„Na gut", Sven stand auf, „ich versuch's." Er schien nicht ganz glücklich über den Auftrag. „Ich geh' noch was zu Simon rüber."

Gerade als er zur Klinke griff, sprang die Tür ohne Vorwarnung auf. „Papa", rief er überrascht.

Misstrauisch begutachtete Indra ihren Vater. Schon ewig hatte er den Weg nicht mehr in ihr Zimmer gefunden und jetzt gleich zwei Mal hintereinander. Das lag hundertpro nur an Snuffy. Sie entspannte sich etwas, als sie sah, dass er noch ordentlich in Anzug und Krawatte gekleidet war.

„Guten Tag zusammen", sagte er und wandte sich Snuffy zu. „Tut mir leid, wenn ich gestern etwas unfreundlich war, war wohl nicht mein Tag. Also dann, vielleicht bis später." Er wartete bis Sven an ihm vorbei war und schloss die Tür wieder.

Snuffy sah Indra erstaunt an. „Hat dein Vater einen Zwillingsbruder?"

Indra schüttelte resigniert den Kopf. „Nein, er hat nur noch sein Außer-Haus-Gesicht auf. Gehen lassen tut er sich nur zu Hause. Darum findet er Besuch anstrengend, dann muss er sich hier auch zusammenreißen. "Indra schaute auf den eingerissenen Nagel ihres Mittelfingers. „In der Woche trinkt er sowieso weniger, weil er morgens pünktlich ins Amt muß."

Snuffy fand das abartig. Im Moment konnte er nicht mal entscheiden, was schlimmer war, ein Vater, der nie da war, oder jemand wie Herr Küsters, der seiner Familie so ein Pseudoleben aufzwang.

***

Indra konnte sich nicht erinnern, wann sie sich das letzte Mal so wohl gefühlt hatte. Sie ging mit Jan einen Waldweg entlang, Hand in Hand. Silbriger Nebel schwebte über dem Boden und es roch nach Harz. Zielstrebig gingen sie den Weg, der auf eine Lichtung führte, an seinem Ende traten die Bäume auseinander und bildeten ein helles Tor. Als ihre Füße das feuchte Gras berührten, schlangen sie die Arme umeinander und warteten darauf, dass der schwache rosa Streifen am Horizont sich auffächerte und Himmel und Erde überströmte. Doch plötzlich hörten sie Schritte und lautes Atmen hinter sich. Erschrocken wandten sie sich um und sahen Snuffy und das bleiche Mädchen, die auf sie zugerannt kamen. Die beiden schienen sie gar nicht zu sehen, sie rannten an ihnen vorbei, hinaus auf die Lichtung. Im gleichen Moment brach ein dunkler Pkw aus dem Unterholz und raste von rechts auf Snuffy und das Mädchen zu. Entsetzt änderten sie ihre Richtung, aber der Wagen kam ihnen näher und näher, als ein Feuerstoß vom Himmel fuhr und ihn in Flammen aufgehen ließ. Das Mädchen war plötzlich ver-schwunden, aber Snuffy blieb stehen und schaute wie Jan und Indra zum Himmel, an dem sich ein blauer Drache mit weit ausholenden Flügelschlägen entfernte. „Blauer Junge", murmelte Indra und wurde von ihrer eigenen Stimme wach.

Eine Weile blieb sie mit geschlossenen Augen liegen und überdachte den Traum, denn dann vergaß sie ihn nicht. Egal, ob gute oder schlechte Träume. Sie sammelte sie. Als sie ihn sich eingeprägt hatte, zog sie an dem Bändchen ihrer Bettlampe. Sie sah ihren Drachen an, der mit einem gütigen Blick zurückschaute. Richtige ‚Blauer Junge', wie merkwürdig, eigentlich hatte er gar keinen Namen, aber wenn sie ihn im Traum so gerufen hatte, war es sicher der. Sie wollte sich wieder zurechtkuscheln, als sie von unten Stimmen hörte. Sie sah auf die Armbanduhr, die auf dem obersten Buch des Stapels lag, der sich neben ihrem Bett türmte.

Ein Uhr. Sollte der Fernseher so laut gestellt sein? Sie setzte sich auf. Nein, das waren eindeutig Stimmen aus dem Wohnzimmer, die zu ihr nach oben drangen. Ihr wurde flau. Snuffy würde doch nicht runtergegangen sein? Es kam sonst nie vor, dass nachts irgend-etwas anderes zu hören war außer der Glotze und Svens Computer. Sie schlug die Decke zurück und schlich auf nackten Füßen in die Diele. Was war das für ein blaues Licht, das von der Straße hereinschien? Sie beugte sich übers Treppengeländer. Die Wohnzimmertür stand auf und sie hörte ihre Mutter und eine Männerstimme. Das unangenehme Gefühl um den Bauchnabel herum verstärkte sich, sie rannte die Stufen so schnell hinunter, dass sie beinahe gestürzt wäre.

„Mama, was-" Die Worte blieben ihr im Halse stecken. Ihr Vater lag inmitten von Glasscherben auf dem Wohnzimmerboden, auf seinem Gesicht war Verbandszeug, das sich mit Blut voll sog. Wie paralysiert starrte Indra auf die roten Flecken, die sich auf dem blütenweißen Grund dehnten und dehnten, bis von dem Weiß kaum etwas übrig war. Ein Mann in knallroter Jacke legte ein frisches Mullpäckchen auf und wickelte notdürftig einen Verband darüber. Dann hievte er ihren Vater mit einem zweiten Mann auf eine bereitstehende Liege.

„Indra." Ihre Mutter nahm sie am Arm und führte sie ins Nebenzimmer. „Papa ist in die Glastür gestürzt. Die Wunden müssen genäht werden. Ich packe das Notwendigste zusammen und fahre mit ins Krankenhaus."

Indra starrte ihre Mutter an. Wie ruhig sie war. Als ob es jeden Tag passierte, dass ihr Mann mit blutendem Gesicht auf dem Boden lag.

„Indra! Hast du mich verstanden? Ich weiß nicht, wann ich zurück bin. Geh' einfach wieder schlafen."

Indra nickte. Sie hatte das Gefühl, über die Glasscherben hinweg in die Diele zu schweben. Die Mutter ging mit ihr die Treppe hoch.

„Mach' dir keine Sorgen, der Arzt hat gesagt, er hätte

Glück im Unglück gehabt. Die Verletzungen sind nicht so tief."

Wieder nickte Indra und flüchtete in ihr Zimmer. Sorgen. Machte sie sich Sorgen? Nein. Sie dachte, dass die Nacht voller Zeichen war, und entweder würden die Eltern ihres erkennen oder nicht.

15

Jan hatte den Arm um Indras Schultern gelegt. Natürlich hatte er nachts den Krankenwagen vor Küsters Haustür gesehen und natürlich hatte er Indra gleich am Morgen darauf angesprochen. Und da hatte sie ihm alles erzählt. Mächtig wie die Fontäne eines Wasserwerfers trafen ihn ihre Worte und er konnte nicht verstehen, wie sie ihre Probleme so lange hatte verbergen können. Und er konnte nicht verstehen, dass ihm nicht viel früher aufgefallen war, dass bei ihr zu Hause nicht alles so ablief, wie die Familie Küsters es nach außen hin vorführte. Nie hatte er ernsthaft gefragt, warum sie sich seit Esthers Wegzug so abgekapselt hatte. Nur „Wo gehst du hin?", „Was hast du vor?", „Hast du Zeit?". Wie hätte sie bei ihren Problemen auf solche Dünnschissfragen auch antworten sollen?

Zum ersten Mal hatte er die Schule geschwänzt. Indra war morgens aus dem Haus getreten wie eine Schlafwandlerin. Schweigend waren sie nebeneinander hergelaufen und er hatte sich schon gefragt, ob die Nähe, die am Vortag zwischen ihnen neu entstanden war, nur in seiner Einbildung bestand.

„Was war denn heute Nacht bei euch los?", hatte er an der Neuenhöfer Allee gefragt. Erst als sie von der Gerolsteiner auf die Berrenrather Straße stießen, gab Indra ihm eine Antwort.

„Mein Vater hat sich verletzt."

Dann hatte sie sich einfach auf eine der Bänke am „Berrenrather" geknallt, den Kopf auf die verschränkten Arme gelegt und geheult. Er hatte sich neben sie gesetzt und zaghaft ihren Rücken getätschelt. Als sie seine Hand nicht abwehrte, hatte er sie einfach gelassen und konnte so deutlich spüren, wie das Weinen sie schüttelte.

„Und trotzdem willst du in die Schule?", hatte er blöderweise gefragt. Da hatte sie ihren Kopf gehoben und durch den Tränenschleier hindurch blitzte etwas in ihren Augen auf. „Nein!" hatte sie gebrüllt und während noch Tränen und Rotze über ihr Gesicht liefen, musste sie lachen, und dann hatte sie ihm alles erzählt. Dann waren sie zum Decksteiner Weiher gegangen. Runde um Rund hatten sie gedreht, bis sie plötzlich an diesem Metallteil stehen geblieben war. Er hatte noch nie etwas mit den rostigen Türrahmen und der Riesenkugel darin anfangen können. Klar, angeguckt hatte er es sich, aber was es hier in der Landschaft sollte, war ihm noch nicht klar geworden. „Was meinst du?", hatte Indra gefragt. „Fällt die Tür zu, wenn man die Kugel wegrollt? Oder steht sie einem dann offen?" Er hatte keine Antwort gewusst, und sie hatte wohl auch keine erwartet. Sie waren im Park geblieben, bis Indra einen Blick auf die Uhr geworfen hatte. „So, jetzt wäre die Schule zu Ende. Sven und Snuffy erwarten mich."

***

Snuffy schlug wütend auf den kleinen Tisch. Der Bildschirm flackerte, vermutlich weil die Maus in die Höhe gehüpft war. Jetzt hatte er schon zwanzig Mal die ‚Hall of Fame' betreten, und in diesem Haus tat sich immer noch nichts. Kein Sven, keine Indra, nicht einmal Frau Küsters zeigte sich. Schon um neun, als er aufgewacht war, hatte er die Stille gespürt. Svens Bett war unberührt, vermutlich hatte er bei seinem Freund Simon übernachtet. Auch Indras Zimmer war leer, als er nach hundert Mal Klopfen die Tür einen Spalt breit geöffnet hatte. Resigniert war er runter in die Küche gegangen und hatte sich ein paar von Svens Zimties reingezogen. Seitdem vergnügte er sich mit diesem dämlichen Computerspiel, weil die CD zufällig im Laufwerk gesteckt hatte. Inzwischen sah er die bunten Kugeln und silbernen Sterne schon mit geschlossenen Augen. Sein Blick fiel auf die Digitaluhr des Monitors. Bald halb zwei. Falls Indra und Sven in die Schule gegangen sein sollten, müssten sie bald eintrudeln. Trotzdem, irgendeine Nachricht hätten sie ihm hinterlassen können. Er stand auf und ging zum Fenster. Ein kleiner Garten mit Schaukel und Sandkasten. Knallrote Blumen leuchteten auf einem Beet. Obwohl alles verlassen wirkte, fand er es anheimelnder als den grünweißen Perfektionismus bei sich zu Hause. Hier hatte auf jeden Fall mal jemand gelebt. Wie zum Beweis hörte er unten die Tür klappen, dann kam jemand polternd die Treppe hochgelaufen, und die Zimmertür flog auf.

„Alles klar", rief Sven strahlend, „Auftrag erfolgreich ausgeführt."

Snuffy durchschwappte eine Welle der Erleichterung. Allein, dass Sven wieder da war.

„Also", Sven schmiss seinen Rucksack auf den Boden, „wenn sich Schulklassen anmelden, nehmen die keine anderen Besucher an, deshalb ist die Führung noch nicht überfüllt. Und von unserer Klasse kommen nicht alle mit."

Snuffy klopfte Sven auf die Schulter. „Hast du ja schnell hingekriegt."

„Aber ihr geht auf eigene Gefahr, wie normale Besucher eben, ihr seid nicht Teilnehmer der Schulveranstaltung."

„Kein Problem", meinte Snuffy, „aber was gucken wir uns denn genau an?"

Sven lief zu seinem Schreibtisch und wühlte in einem Stapel Papier. „Hier, hat uns unser Lehrer kopiert."

„Bild 4: Kronleuchter Saal", las Snuffy und betrachtete die Schwarzweißkopie, auf der ein gemauertes Gewölbe mit zwei Kanaleingängen zu sehen war. Im Vordergrund hing ein weißglänzender Kronleuchter an der Decke, zwischen den zwei Tunneln hing eine Schrifttafel an der Wand.

„Sind das stillgelegte Kanäle? Sieht irgendwie aus wie im Museum."

Sven schüttelte den Kopf. „Nee, die sind in Betrieb. Links, das ist der Dücker, der führt die gesammelten Abwässer unter dem

Rhein durch nach Stammheim zur Kläranlage. Wenn die Kopie nicht so dunkel wäre, könntest du hinter der kleinen Mauer noch den Wasserspiegel erkennen."

„Aber rechts, der sieht trocken aus. Da steht doch eine Lampe auf dem Boden."

„Das ist der Regenauslasskanal, der führt direkt in den Rhein. Falls bei einer Masse Regen der Dücker überläuft, ist das sozusagen ein Notabfluss." Sven studierte das Foto noch einmal genau. „Das wurde bestimmt im Sommer fotografiert. Dann hat der Rhein Niedrigwasser und der Kanal ist wirklich fast trocken. Bei Hochwasser schwappt da die Brühe sogar wieder zurück." Sven sah Snuffy stolz an. „Darum finden Führungen ja auch nur von Mai bis Oktober statt."

„Hm", Snuffy betrachtete das Foto. Svens Informationen rotierten in seinem Kopf. Wie konnte er das Ganze so zurecht-basteln, dass es Rüdiger und Kermit vorläufig genügte?

Im gleichen Moment hörte er wieder Schritte auf der Treppe. Sven riss seine Zimmertür auf. „Indra, das mit der Führung klappt", rief er seiner Schwester triumphierend entgegen, die mit Jan im Schlepptau die Treppen hoch stapfte.

„Schön", meinte die, als sie die oberste Stufe erreicht hatte, aber ihre matte Stimme machte sofort klar, dass noch was anderes im Busche war. „Papa ist im Krankenhaus."

„Was?" Sven guckte sie ungläubig an.

„Er ist gestern Nacht unglücklich gestürzt."

Snuffy ließ das Blatt mit dem Kronleuchtersaal zurück auf Svens Schreibtisch flattern. Musste Indras Alter gerade jetzt so aufspielen? Unglücklich gestürzt! Er hätte ruhig noch ein wenig den Außerhauszwilling durchhalten können. Wenigstens bis diese Woche geschafft war.

„Aber warum hat denn niemand Bescheid gesagt?" Sven konnte es nicht fassen. „Ich fahr heute morgen zur Schule als wäre nichts. Wie schlimm ist es denn?"

„Nicht so dramatisch. Es musste nur was genäht werden."

„Aber kommt man dann nicht gleich wieder nach Hause?"
Sven sah Indra ängstlich an

Indra fasste sich an die Stirn. „Okay, okay, lasst uns erst mal in mein Zimmer gehen."

Sie setzte sich auf ihr Bett und ließ den Rucksack einfach von den Schultern rutschen. „Also, Samstag können wir mit zur Führung?"

Sven nickte. „Hab Snuffy gerade ein Foto von dem Kronleuchter Saal gezeigt."

„Dann warten wir jetzt auf Samstag."

„Schade", meinte Jan, „das hätte mich auch interessiert."

„Das geht jetzt aber nicht", rief Sven aufgeregt, „noch mal frag ich nicht."

„Ist ja schon gut", beruhigte ihn Jan, „ich meinte doch nur. Zeig mal das Bild."

Sven ging in sein Zimmer, um die Kopie zu holen. Snuffy hatte sich auf den Boden gehockt.

„Muss der Typ jetzt immer dabei sein?" wandte er sich an Indra. „Ich hätte noch einiges mit dir zu besprechen."

„Ach? Hättest du?" gab Indra mit einem merkwürdig spitzen Ton zurück. „Vielleicht bin ich aber froh, dass er da ist. Vielleicht geht mir dein Schlamassel langsam auf den Keks."

Ihr blasses Gesicht gewann zusehends an Farbe. „Du tust groß mit 'ner Einladung. Und dann passiert ein Scheiß nach dem anderen. Aber ich habe auch Probleme, verstehst du? Mein Vater kracht besoffen in eine Glastür. Meine Mutter findet nichts wichtiger, als ihm im Krankenhaus Händchen zu halten. Ich möchte am liebsten hier abhauen. Aber was ist mit meinem Bruder..."

„Was ist mit mir?" Sven kam mit dem Blatt in der Hand zurück und reichte es Jan.

Indra sackte in sich zusammen. „Ach, nichts, nur weil Mama und Papa im Krankenhaus sind und wir noch was zu erledigen haben."

Sven sah sie erstaunt an. „Ist schon okay. Ich bin doch kein

Baby mehr. Ich finde nur, Mama könnte mal anrufen."

„Aber Svennilein", Snuffy war aufgesprungen, „Indra bleibt schon bei dir. Ich bin es, der hier überflüssig ist."

Er warf Jan einen bösen Blick zu, dann stopfte er wutentbrannt ein T-Shirt in seine Sporttasche, die neben dem Gästebett abgestellt war. Zum Schluss schmiss er sich die Tasche auf den Rücken und rannte aus dem Zimmer.

Indra sprang auf. „Snuffy", rief sie, aber unten schlug schon die Haustür zu.

16

Beinah blind raste Snuffy die Zülpicher entlang. Um ein Haar wäre er mit dem Vorderrad in die Straßenbahnschienen geraten. Vielleicht wäre das ja gar nicht schlecht, vielleicht sollte er sich gleich unter eine Bahn werfen. Shit. Er hatte gedacht, er wäre nicht alleine, aber schon nach zwei Tage ging Indra die Puste aus. Säuferpapi hin, Säuferpapi her. Was hatte das mit ihm zu tun? Nein, er hatte sich vertan. Seine Familie, das war Zeck, und zu dem wollte er jetzt hin. Alles klären. Zusammenhalten. Und alles würde bleiben wie es ist. Die Küsters und der brave Jan lebten einfach auf einem anderen Stern. Er dachte an die gelben Pillen in seinem Schreibtisch. Er war von anderem Kaliber. Jetzt wollte er erst Mal zur Aachener Straße, Zeck sollte sehen, dass er sich auf seinen kleinen Bruder verlassen konnte. Er steuerte sein Rad diagonal über die Kreuzung am Sülzgürtel und achtete weder auf das Autogehupe noch auf das durchdringende Bimmeln der Straßenbahn.

„Ihr könnt mich alle mal", zischte er. Er war Snuffy, der Bruder von Zeck, und nichts und niemand konnte ihn einschüchtern. Er schaltete einen höheren Gang ein, sein T-Shirt flatterte im Gegenwind. Einmal hätte ihn die schwere Tasche fast aus dem Gleichgewicht gebracht, aber er trampelte unbeirrt weiter. Plötzlich merkte er, dass es nicht nur der Fahrtwind war, der an seinem Hemd riss. Starke Windböen bremsten ihn immer wieder ab. Der Himmel war zweigeteilt. Die schwarze Wolkenwand vor ihm verlief schnurgerade und schien mit dem Blau über ihm regelrecht zusammenzustoßen. Auf einen Schlag klatschten riesige Regentropfen auf das Pflaster. Snuffy fühlte sich, als schütte ihm jemand gläserweise das Wasser entgegen. Als die Riesentropfen immer schneller fielen, spielte er mit dem Gedanken sich unterzustellen.

Aber dann biss er die Zähne zusammen. Er war schon an der Wüllner Straße vorbei. Selbst wenn sich die Natur auch noch gegen ihn wandte, er würde nicht klein beigeben. Klatschnass bog er in die Aachener ein, als der erste Blitz den Himmel zerriss, und der Donnerschlag, der beinahe gleichzeitig ertönte, zeigte an, dass das Gewitter genau über ihm war. Snuffy stöhnte auf. Er hatte schon immer Schiss vor Gewitter gehabt, und es schien, als hätte der Himmel seine lebensmüden Anwandlungen   ernst genommen. Er schien die Blitze genau auf ihn zu werfen. Als er endlich das Appartementhaus erreichte, schlugen ihm die Zähne aufeinander, nicht nur weil der kühle Wind ihm die durchnässten Klamotten an den Körper geklebt hatte. Mit ungeschickten Fingern zerrte er den Schlüssel aus der Hosentasche, den Zeck Gott sei Dank noch nicht zurückgefordert hatte. Als er das Rad die kleine Treppe hoch wuchtete stieß die Pedale schmerzhaft gegen sein Schienbein. Alles war gegen ihn, selbst seine Mistkarre. Wütend riss er das Vorderrad in die Höhe, damit er samt Bike in den Aufzug passte. Er schlug auf den Knopf mit der 4, als wär er sein persönlicher Feind. Als der Aufzug wieder hielt, hatte er sich etwas beruhigt. Er schob das Fahrrad bis in die hinterste Ecke des Ganges und öffnete die Korridortür.

„Zeck?" rief er.

Im Wohnzimmer tat sich nichts. Er ließ seine Sporttasche fallen und öffnete vorsichtig die Tür zum hinteren Raum. Entsetzt fuhr er zurück. Sein erster Impuls war, sofort wieder abzuhauen. Auf den Stühlen vor Zecks Computer hingen Kermit und Rüdiger. Sie saßen weitzurückgelehnt und grinsten widerwärtig. Auf dem Bett hockte Zeck. Er hatte beide Arme um die Knie geschlungen und als er Snuffy sah, hob er abwehrend eine Hand.

„Geh weg. Weg", fiepste er mit unnatürlich hoher Stimme und wedelte mit dem Arm in der Luft, als müsse er sich vor einem besonders ekelhaften Insekt schützen.

Snuffy schluckte. Das durfte nicht wahr sein. Er wollte so schnell nicht aufgeben. Vorsichtig näherte er sich seinem Bruder.

144

„Ich bin's doch Snuffy. Erkennst du mich etwa nicht?"

„Natürlich erkenn ich dich", kreischte Zeck, „du bist der Spion. Geh weg."

Rüdiger und Kermit gröhlten.

„Tja, Kleiner, du musst jetzt wohl mit uns Vorlieb nehmen. Wir erledigen alles für deinen großen Bruder." Kermit richtete sich in seinem Stuhl auf. „Kann sein, dass wir demnächst deine Hilfe brauchen. Er ist wirklich nicht mehr der Alte."

„Meine Hilfe?" Snuffy ließ Zeck nicht aus den Augen. Diese verkrümmte Haltung und der irre Blick.

„Na, euer Name. Der ist doch Gold wert. Baumeister, da lief jede Party und jeder Deal, aber so wie es aussieht können wir Zeck demnächst nicht mehr vorführen."

Snuffy erschrak. „Was ist mit ihm? Was habt ihr ihm gegeben?"

„Gegeben? Nichts!" Kermits wasserblaue Augen verengten sich zu schmalen Schlitzen. „Genommen hat er's. Wir geben nichts, dass das klar ist!"

„Und? Hausaufgaben gemacht?"

Rüdiger spielte bestimmt auf den Kanal an. Snuffy fuhr sich mit der Hand durchs Gesicht.

„Ich mach Samstag eine Besichtigung mit. Im Kronleuchter Saal. Vielleicht gibt's da was", brachte er hervor.

Kermit winkte ab. „Kronleuchtersaal? Da kommt man nicht rein, wenn nicht die Typen vom Abwasseramt dabei sind. Schlüsselkasten, Abdeckplatten ... keine Ahnung, was?"

Snuffy brach der Schweiß aus. Soweit hatte er nicht gedacht, er war ja froh gewesen, dass da überhaupt eine Pseudoidee im Raume stand. „Da ist aber noch ein Kanal, geht direkt auf den Rhein raus", fiel ihm ein.

„Ah", machte Rüdiger, „und da sollen wir wohl hinschwimmen mit alle Mann, was?"

Kermit schlug sich auf die Oberschenkel vor Vergnügen. „Geile Idee", lachte er.

Snuffy war irritiert. Wieso waren die so gut aufgelegt? Bestimmt würde das gleich umschlagen. Sein Blick fiel wieder auf Zeck. Schmerzhaft zog sich sein Magen zusammen. Wie durch ein umgedrehtes Fernrohr sah er die Bildchen: Wie Zeck mit ihm eine riesige Sandburg baute, wie sie eine Schneeballschlacht machten, wie er ihm eine Matheaufgabe erklärte...

„Zeck muss ins Krankenhaus", schrie Snuffy außer sich.

Rüdiger schlug mit der Faust auf den Tisch. „Jawoll, in die Irrenanstalt", dann wollte er sich halb tot lachen.

Kermit sprang auf und drängte Snuffy an die Wand. „Lass dir nicht einfallen, irgendeinen Käse zu erzählen. Zeck bleibt hier. Da nutzt er uns am meisten!"

Er presste den Unterarm gegen Snuffys Hals, so dass der gezwungen war, gegen die Zimmerdecke zu starren. Schon wieder wurde er gewürgt und er war selber schuld. Diese Drei waren doch keine Menschen mehr. Zeck war ein armer Irrer und die beiden anderen ekelerregende Primitivlinge. Um ihr Ziel zu erreichen würden die jeden bedrohen und verprügeln.

Rüdiger schien aber keinen Bock auf Prügelei zu haben. Er lenkte ein. „Komm lass ihn. Das mit der Besichtigung können wir doch als guten Willen sehen, vielleicht kommt ja was bei raus."

„Aber wenn der uns jemanden auf den Hals hetzt wegen Zeck."

„Macht er nicht. Nä, machst du nicht? Ist nur die Panik, dein Bruder wird schon wieder. Du gehst schön zu der Besichtigung." Rüdiger lehnte sich wieder zurück „ Aber wenn du irgendwas durchsickern lässt, dann..."

Er streckte die rechte Faust vor und drehte demonstrativ den Daumen nach unten. Sein Gesicht ließ keinen Zweifel daran, dass er es ernst meinte.

Kermit trat einen Schritt zurück. „Capito?"

Snuffy nickte. Er kam sich vor wie einer dieser Hunde mit Wackelkopf, der im Rhythmus der Autobewegung den Kopf schüttelte. Genauso ein armseliger Hund war er auch. Er würde immer nicken oder mit dem Kopf schütteln, je nachdem wie Kermit und Rüdiger es verlangten.

„Und jetzt verschwinde." Kermit schubste Snuffy zur Tür. Er taumelte, aber er sah noch einmal zurück. Und nie würde er den Anblick vergessen. Sein Bruder, der nicht nur groß und stark, sondern auch mit leuchtenden grauen Augen und glänzendem blonden Haar, der Stolz seiner Eltern und seines kleinen Bruders gewesen war, hockte auf dem Bett wie ein Schwachsinniger. Mit erloschenen Augen und strähnigem Haar. Sein Gekrächze klang Snuffy jetzt noch im Ohr. Er wandte sich ab und griff nach seiner Sporttasche. Nur bis Samstag noch, pochte es unter seiner Schädeldecke, bis Samstag musste er durchhalten.

***

„Trotzdem, ich hätte ihn aufhalten müssen." Indra stand mal wieder an der Balkontür und starrte in den Garten. „Im Moment hat er niemanden. Du hättest mal diese beiden Typen erleben sollen, die ihn auf die Bahngleise geschmissen haben. Und sein großer Bruder, den kannst du absolut vergessen." Indra schüttelte sich in Gedanken an Zecks Annäherung.

Jan kratzte sich den Kopf. Die ganze letzte Stunde hatte er versucht, Indra die Schuldgefühle auszureden. „Mann, der ist älter als wir, wenn er nicht zur Polizei gehen will und keine Verbindung zu seinen Eltern hat, ist das vor allem sein Problem." Daraufhin war sie fuchsteufelswild geworden. „Sein Problem, sein Problem!", hatte sie geschrien. „Jeder hat mal Probleme, die er nicht alleine rafft. - Ach, nein", hatte sie dann hinzugefügt, „du ja nicht."

Er war nicht beleidigt gewesen, auf den Stress, den Indra und Snuffy schon mitgemacht hatten, konnte er locker verzichten. „Eben", hatte er nur gemeint, „darum muss Snuffy auch mal Verständnis zeigen, wenn du ausflippst." Daraufhin hatte Indra erst mal geschwiegen, aber jetzt ging die Leier schon wieder los.

Plötzlich sprang die Tür auf. Sven, der beleidigt abgezogen war, als Indra ihn nach Snuffys Abgang mehr oder wenig höflich hinauskomplementiert hatte, stand mit geröteten Wangen im Rahmen. „Mama und Papa sind zurück."

Indra und Jan sahen sich an.

„Was ist, sollen wir sie nicht begrüßen?" Ohne eine Antwort abzuwarten, klapperte Sven schon die Treppen runter. Achselzuckend wollte Indra ihm folgen.

Jan wurde unbehaglich. „Soll ich nicht lieber gehen?" Indra sah ihn an.

„Warum? Ein Unfall kann doch jedem passieren. Meine Eltern sehen dir sicher nicht an der Nasenspitze an, dass ich dir alles erzählt habe."

Jan zog die Augenbrauen zusammen. „Also gut ich begrüße sie kurz, dann muss ich sowieso erst mal nach Hause." Er sah Indra an. „Und ihr könnt dann im Familienkreis alles bereden."

„Glaub ich nicht, dass viel beredet wird", seufzte Indra.

Aus dem Wohnzimmer drang angeregtes Stimmengemurmel und Indra schob die Tür auf, die einen Spalt breit offen stand. Auf dem Sofa saß ihr Vater mit zwei Pflastern über der rechten Wange und Augenbraue. Er hatte einen Arm um Svens Schulter gelegt, der neben ihm saß. Als Indra eintrat, blickte er beinahe erfreut auf, aber als er Jan hinter ihr entdeckte, verlor sich dieser Eindruck gleich wieder.

„Kann man in diesem Haus denn niemals unter sich sein, nicht mal, wenn der Vater gerade aus dem Krankenhaus kommt?", fragte er vorwurfsvoll.

„Ich wollte mich nur verabschieden", sagte Jan. Aus den Augenwinkeln hatte er Indras Gesicht gesehen, und er hoffte, dass sie nicht gleich wieder ausrasten würde. Frau Küsters kam angelaufen.

„Jan, da freu ich mich aber, dich mal wieder zu sehen, du warst ja eine Ewigkeit nicht hier." Sie drückte Jans Hand, und er fühlte, dass ihre Freude von Herzen kam.

„Er wollte gerade gehen", kam es von Herrn Küsters, „und wo ist denn das Bier, das du mir bringen wolltest?"

Jan sah Indra an. Die schien gar nichts gehört zu haben, aber plötzlich bildeten sich rote Flecken auf ihrem weißen Gesicht.

„Bier?", fragte sie tonlos. „Wäre ein Kaffee um diese Zeit nicht viel besser?"

„Ach was, Kaffee. Bei der Hitze. Und die ganze Aufregung. Ein Bier erfrischt und entspannt. Sozusagen zwei Fliegen mit einer Klappe, was Sven?" Er schlug seinem Sohn kameradschaftlich auf die Schulter. „Und du willst doch bestimmt eine Limo."

Sven nickte. „Aber die hol' ich mir schon selbst, Mama." Er stieß sich vom Sofa ab.

Frau Küsters stand noch immer neben Jan und rührte sich nicht. Jan hatte einen merkwürdigen Geschmack im Mund und wie Indra zumute war, das wollte er sich lieber gar nicht vorstellen. Er räusperte sich. „Ich geh dann jetzt. Gute Besserung, Herr Küsters, und Ihnen allen noch einen schönen Tag."

Rückwärts gehend zog er sich in den Flur zurück. Indra kam ihm nach. Die roten Flecken in ihrem Gesicht waren verschwunden, dafür war die Blässe jetzt fast durchsichtig. Jan nahm sie in den Arm und als sie sich nicht wehrte, drückte er sie fest an sich. So standen sie eine ganze Weile, bis Indra sich losmachte.

„Du kannst mich jederzeit anrufen, okay?" Jan fiel nichts Aufmunternderes ein. „Auch wenn du noch was von Snuffy hörst."

Indra nickte. Er griff nach ihrem Arm. „Jederzeit, verstehst du, was ich meine? Jederzeit."

Sie stand vor ihm mit hängenden Schultern. Sie nickte wieder. Er ließ sie los und öffnete die Haustür. Er trat auf die helle Straße und ließ die Tür hinter sich ins Schloss fallen. Er wollte nicht abhauen, wirklich nicht, aber es kam ihm vor wie eine kleine Flucht.

Er berührte mit dem Schlüssel gerade das Schloss, als die Tür von selbst aufging. Seine Großmutter stützte sich auf die Klinke, sie mochte im Haus einfach keinen Stock benutzen.

„Ja, Junge, muss das denn sein? Musst du eine alte Frau noch so in Aufregung versetzen? Marco hat angerufen, warum du heute nicht in der Schule warst. Ich wusste überhaupt nicht, was ich dazu sagen sollte... und dann kommst du auch noch viel später als gewöhnlich."

Jan kribbelte es im Nacken. Es war wirklich das erste Mal gewesen, dass er vergessen hatte, Bescheid zu sagen. Wenigstens bevor er zu Indra reingegangen war, hätte er eben zu Hause anklingeln können.

„Bitte, Oma, lass uns doch erst mal reingehen." Sanft drängte er seine Großmutter ins Haus und schloss die Tür hinter sich. „Es tut mir Leid, wirklich. Gibt's noch was zu essen?"

Mit der Frage konnte er seine Großmutter vielleicht ablenken. Sie fand immer, dass es für einen heranwachsenden jungen Menschen nichts Wichtigeres gab, als eine regelmäßige Nahrungsaufnahme.

„Ja, ja, es ist noch Nudelauflauf im Backofen. Aber willst du mir nicht sagen, was los war?" Sie drehte sich vorsichtig um und bewegte sich mit ihrem schaukelnden Gang in die Küche. Dort ließ sie sich mit einem Seufzer auf einen Stuhl fallen, den sie wohl eben erst verlassen hatte. Auf dem Tisch lag neben einer vollen Tassen Kaffee ein aufgeschlagenes Kreutzworträtselheft, jedoch ohne einen einzigen Eintrag. Sie musste sich wirklich Sorgen gemacht haben.

Jan setzte sich ebenfalls und deponierte umständlich seinen Rucksack neben dem Stuhl. Alle Gedanken, die mit Indra zu tun hatten, drehten sich in seinem Kopf. Bevor es nicht für sich geordnet hatte, wollte er auch nichts davon erzählen.

Seine Oma griff nach seiner Hand. „ Ich bin froh, dass alles in Ordnung ist. Ich hatte es ja nicht anders erwartet, aber dass du gar nichts hast von dir hören lassen..."

Jan drückte ihre Hand. „Tut mir Leid, Oma. Ich hatte nur mit Indra was Dringendes zu besprechen. Darüber hab ich einfach die Zeit vergessen."

„Indra? Die Kleine, mit der du früher oft gespielt hast?" Sie tippte mit den Fingern der freien Hand eine Melodie auf die Tischplatte. „Du wirst es nicht glauben, aber über Indra habe ich letztens noch mit deiner Mutter gesprochen."

Jan sah sie erstaunt an. „Wieso das?"

„Ach, sie meinte, das Mädchen hätte sich sehr zu ihrem Nachteil verändert."

Jan zog die Augenbrauen zusammen. „Zu ihrem Nachteil? Was soll das denn heißen?"

„Na, sie war früher aufgeschlossen und fröhlich und jetzt sieht sie oft so blass und finster aus, fast ein wenig vernachlässigt. Allein ihre Haare. Wenn die man nicht auf Abwege gerät."

Jan sprang auf. „Jetzt ist aber gut, Oma. Das hätte ich nie gedacht, dass ihr so oberflächlich daher labert. An Indra gibt es nichts zu auszusetzen!" Er hob seinen Rucksack auf. „Ich geh' jetzt Marco anrufen."

Seine Großmutter war von seinem Ausbruch wie geplättet. „Was ist mit dem Nudelauflauf?", rief sie noch hinter ihm her, aber er gab keine Antwort.

Jan rannte die Stufen zu seinem Zimmer hinauf. Blass und finster! Na, ja, rein äußerlich wirkte Indra ja manchmal so. Aber was heißt zum Nachteil verändert? Fragen sich die Leute nie, ob es dafür vielleicht Gründe gibt? Gerade von seiner Mutter hätte er etwas anderes erwartet. Die war sonst so mitfühlend und fand für alles und jeden Verständnis. Heftig pfefferte er seinen Rucksack gegen den Schreibtischstuhl. Zum ersten Mal war er dankbar, dass er seinen eigenen Telefonanschluss hatte. Sonst fand er diesen Aufwand etwas übertrieben, die Telefonmanie einiger Klassenkameraden teilte er nicht, auch das Handytheater ging im absolut auf den Wecker. Aber diesmal hätte er null Bock von unten oder von seiner Oma aus zu telefonieren. Hastig tippte er Marcos Nummer ein.

„Epifani...“

„Marco?“

„Jan, alter Saftsack, wo hast du gesteckt?“

„Ach, war was mit Indra...“

„Mit Indra!“ Marcos Stimme machte einen Hüpfer vor Überraschung. „Seit wann lässt die sich denn wieder herab zum gemeinen Volk? War doch völlige Funkstille.“

„Es läuft was. Gibt aber auch Probleme. Sei nicht sauer, mehr kann ich dir noch nicht erzählen."

Kurzes Schweigen. „Komm ich jetzt aufs Abschiebgleis?“

„Red keinen Quatsch.“ Trotz dieser lockeren Bemerkung konnte Jan sich gut vorstellen, wie Marco sich fühlte. Er konnte sich nicht erinnern, wann er das letzte Mal ein Geheimnis vor ihm gehabt hätte. Und sie hatten sich geschworen, dass auch ein Mädchen ihrer Freundschaft nichts anhaben könnte.

„Es muss nur etwas durchgestanden werden. Danach erfährst du alles.“

„Und wie lange soll das dauern?“, knurrte Marco.

„Wochenende oder so.“

Jan hörte, wie Marco aufatmete. „Na, das geht ja noch. Aber in der Schule sehen wir uns?“

„Klaro.“

„Okay, bis morgen dann.“

„Bis morgen.“ Jan ließ den Hörer in die Fassung gleiten. Marco war wirklich ein Glücksfall, der redete kein überflüssiges Blabla.

Trotzdem. Alles hatte sich verändert. So wichtig ihm Marco, seine Eltern und die Großmutter auch waren, im Moment interessierte ihn nur noch Indra. Ob Marco zu Hause Däumchen drehte oder Oma unten mit ihrem Auflauf saß, ihm war, als hätte das nicht mehr so viel mit ihm zu tun. Er sah nur Indra vor sich, wie sich rote Flecken auf ihrem weißen Gesicht bildeten, wegen einer beschissenen Flasche Bier.

***

Indra lehnte an der Tür ihres Zimmers und starrte auf ihren Drachen. „Und? Wann kommst du und pustest Rüdiger und Kermit weg mit einem Feuerstoß? Und meinen Vater am besten gleich mit?" forderte sie ihn heraus, wobei ihr die letzte Frage einen kleinen Stich versetzte. Sie war einfach bescheuert. Immer noch hoffte sie, dass ihr Vater mit der Sauferei aufhören würde. Oder in „normalem" Maße trinken würde. So wie die Nachbarn beim Grillen. Oder Esthers Vater bei einem guten Abendessen. Denen schmeckte das. Manchmal wurden sie auch etwas lustiger als gewöhnlich, aber dann war es gut. Und am nächsten Tag standen sie wieder fit im Garten, gingen joggen oder machten ihren anderen Kram. Nur ihr Vater trank und trank. Ein Glas Bier hatte schon gar keine Wirkung mehr. Er schüttete den Alkohol so lange in sich rein, bis er einschlief. Immer mehr Mühe kostete es ihn morgens überhaupt aus dem Bett zu kommen. Letzten Samstag hatte er ja den Einkauf geschafft, aber dafür war er dann gestern in die Glastür gestürzt. Und jetzt war er krankgeschrieben. Das war bestimmt super für ihn, da konnte er die ganze Woche durchsaufen. Indra legte die Hände vors Gesicht und weinte. Keinen Ton hörte man, nur die Tränen rannen. Das hatte sie lange genug geübt, sie wollte nicht, dass man sie weinen hörte. Nur wenn sie genau wusste, dass niemand da war, schrie sie in ihr Kissen, was manchmal richtig gut tat.

Shit. Die Heulerei würde auch nichts bringen. Energisch rieb sie sich die Tränen aus den Augen. Plötzlich fiel ihr etwas ein. Sie nahm den Schlüsselbund vom Bett, an dem jetzt auch der kleine Safeschlüssel befestigt war, und näherte sich ihrem Drachen. Sie legte den Zeigefinger vor den Mund. „Psst" machte sie und schloss ihren Safe auf. Da lag das zugeklebte Plastikteil, dass

Snuffy ihr aufgedrängt hatte. Sie nahm es heraus und ließ sich auf ein Sitz- kissen fallen. Sie betrachtete den lachenden Ernie.

Sesamstraße! Es kam ihr vor, als seien Jahrhunderte vergangen, seit sie sich über Ernie, Bert und Krümelmonster amüsiert hatte. Auch dieser Kerl aus der Mülltonne war voll witzig gewesen. Oskar. Jetzt lachte Ernie sie von so einer Pille an. Nicht zu fassen. Fit sollte das Teil machen. Sie wäre nie darauf gekommen für Fitness Pillen zu nehmen. Sie hatte immer gerne Sport gemacht, und deshalb auch beim Tanzen keine Probleme mit der Kondition. Sie war wahrscheinlich kein Typ für so was. Immer wenn sie sich vorstellte, dass sie irgendwas in ihren Körper tat, von dem sie nicht wusste, wie es dort wirkte, schnürte sich ihr sofort der Hals zu. Es kam ihr vor, als solle sie ein unbekanntes Tier schlucken, das Gott weiß was in ihrem Körper anstellen könnte. Indra schüttelte sich.

Sie stand auf und schmiss das Tütchen zurück in den Safe. Dabei fiel ihr der große Sack ein, den Snuffy letztens angeschleppt hatte. Du lieber Himmel, was er damit wohl machen würde? Und dann musste sie wieder an das Mädchen denken. Hatte die Polizei inzwischen rausgefunden, woran sie gestorben war? Indra fröstelte. Sie rieb sich die nackten Oberarme. Was hatte Snuffy jetzt wohl vor? Es konnte doch nicht sein, dass er wegen ihrer Motzerei gleich alles hinschmiss. Er musste wirklich auf dem Zahnfleisch gehen, wenn er auf Sven eifersüchtig wurde...und auf Jan.

Jan, sie traute sich gar nicht so richtig an ihn zu denken. Er war so megahilfsbereit und vor allem tat er nicht cool, wie die meisten Jungen. „Jederzeit" hatte er betont „jederzeit". Sie war so froh, dass er da war, und sie hatte jetzt schon Angst, dass er sich wieder verdünnisieren würde. Was sollte er denn mit ihr? Der Trouble mit Snuffy, und dann noch dieser Superdad, dessen Blut immerhin auch in ihren Adern floss. Über kurz oder lang würde Jan das Weite suchen und sich ein normales Mädchen nehmen. Aber wie er sie in den Arm genommen hatte! Sie schloss die Augen und dachte an ihren Traum. Es war so perfekt gewesen mit Jan im Wald. Und dann ihr Drache, „Blauer Junge". Sie würde früh ins Bett kriechen, vielleicht gab es ja eine Fortsetzung.

***

Snuffy setzte sich auf. Mann, tat ihm das Kreuz weh. Er war ein Idiot. Idiotischer als ein Idiot. Nie wusste er wohin, und wenn er es wusste, verscherzte er sich gleich die Möglichkeit. Er stand auf und sah in den Himmel. Sternenklar. Nur der Boden war leider noch nass, nach dem Wolkenbruch von gestern Nachmittag. Deshalb hatte er sich auch nicht auf die Wiese gelegt, sondern auf die harte Bank unter diesem Steinpilz. Pilzberg. Eine etwas hochtrabende Bezeichnung für eine Lehmbeule, aber immerhin bevorzugter Treffpunkt für Mitternachtspartys. Diese Nacht war es ziemlich ruhig. Ein paar Unbeirrbare hatten auf der großen Wiese gegrillt, aber nach eins war es still geworden, und er war allein. Er hatte mehrere T-Shirts übereinander gezogen, weil er natürlich keine Decke bei sich hatte, aber selbst bei der milden Temperatur zog die Feuchtigkeit ungemütlich in seine Klamotten. Er drückte auf den Lichtknopf seiner Armbanduhr. Drei Uhr. Ätzend, man hing irgendwo fest zwischen alter Nacht und neuem Tag. Es würde noch etwas dauern, bis die Vögel ihr Gezwitscher anstimmten. Zum ersten Mal wäre es ihm willkommen. Dann käme er käme sich nicht so extrem lonely vor. Los, ihr Piepmätze, könnt ihr eure Schicht nicht etwas vorverlegen? Er lauschte. Nichts. Überhaupt nichts. Und plötzlich wurde ihm klar, wie abartig es war, wirklich allein zu sein. Kein Schwein ruft mich an, fuhr es ihm durch den Kopf. Er ging auf und ab und schlug mit den Händen gegen seine Oberarme. Er könnte jetzt gemütlich in Küsters Gästebett liegen, Mist, warum hatte er nur so dämlich reagiert? Weil er Indra für sich alleine haben wollte. Genau. Jan könnte er auf den Mond schießen und das kleine Brüderchen gleich mit. Er wusste, wie egoistisch das war, aber hatte er nicht ein Recht darauf? Als Zeck ausfiel, hatte der Himmel ihm Indra geschickt. Er schlug sich mit dem Knöchel des Zeigefingers gegen die Stirn. Mach nur so weiter, dann knallst du auch durch.

Er blieb stehen. War da was? Das gab's doch nicht. Er trat etwas vor, um den kleinen Hang hinunterschauen zu können. Die Scheinwerfer eines Autos leckten den Parkweg. Er kniff die Augen zusammen und trat erschrocken zurück. Ein Streifenwagen. Alles hätte er jetzt erwartet, nur das nicht. Mit zwei Schritten war er am Unterstand und riss seine Sporttasche von der Bank. Mit zwei weiteren Sätzen wollte er sich ins Unterholz schlagen, aber da stolperte er und legte sich der Länge nach hin. Wütend schlug er mit der Faust auf den Waldboden Das war ja wie in einem billigen Film. Er blieb ein paar Sekunden liegen und atmete tief durch. Die hatten ihn hier oben noch nicht gesehen. Aber was, wenn sie aussteigen würden? Er war noch minderjährig; die würden ihn bestimmt an den Ohren nach Hause schleifen. Und dabei sollte er doch in Amerika sein. Er rappelte sich auf und suchte im schwachen Licht der Sterne den dicken Stamm, der das kleine Rasenstück zu den Bäumen hin abgrenzte. Endlich erreichte er den langgestreckten Schatten. Samt Tasche krabbelte er hinüber und ließ sich auf der anderen Seite einfach runterplumpsen. Moderig oder nicht, hier würde er bestimmt besser pennen, als auf der harten Bank. Plötzlich fiel ihm sein Rad ein. Nahm die Polizei herrenlose Räder einfach mit? Er merkte, dass es ihm gleichgültig war. Die Müdigkeit, die ihn plötzlich überfiel, machte alles so unwichtig, der einzige zusammenhängende Satz, der sich noch durch sein Hirn schlängelte, erinnerte ihn an seine Einsamkeit. Keine Sau interessiert sich für mich.

17

Indra lauschte aufmerksam der Aufgabenstellung des Deutschlehrers. Sie sollten ein Flipperspiel beschreiben und zwar aus der Perspektive einer Flipperkugel. Das war was für sie. Eigentlich war das ja eine Supermetapher für das menschliche Leben. Man wurde hammerhart hinausgestoßen auf das Spielfeld. Mal prallte man heftig gegen irgendwelche piepsenden oder leuchtenden Hindernisse, mal wurde man hochgeschleudert oder fiel in ein unerwartetes Loch. Und am Ende hatte man Punkte gesammelt oder war als absolute Null durchgerollt. Sie konnte nicht anders, diese Erkenntnis brachte sie zum Kichern. Herr Plath wurde aufmerksam.

„Was ist denn so lustig, Indra?"

„Äh, nichts, aber ich find die Aufgabe mega."

Herr Plath sah sie an, als sähe er sie heute zum ersten Mal. „Das freut mich, denn die letzte Zeit lässt deine Teilnahme etwas zu wünschen übrig. Was ist eigentlich mit deinen Haaren? So eine Frisur habe ich wirklich noch nie gesehen."

Indra errötete. In der Klasse entstand leichte Unruhe. Aus dieser und jener Bank quetschte sich ein unterdrücktes Lachen.

„Ach, ich wollte nur die Filzlocken wieder loswerden", sagte sie leichthin, „da war es am Besten sie abzuschneiden."

„Aha", Herr Plath räusperte sich verlegen, „letztendlich ist das Haupthaar jedermanns eigene Angelegenheit."

Jetzt brach lautes Lachen in der Klasse aus, denn Herr Plath verfügte selbst über so gut wie gar kein Haupthaar. Gott sei Dank besaß er Humor, und mit einem verschmitzten Lächeln und einer energischen Handbewegung brachte er wieder Ruhe in den Unterricht.

Jan hatte sich herumgedreht und zwinkerte Indra zu, bevor er sich wieder den Ausführungen Herrn Plaths widmete.

Indra wunderte sich. Es war das erste Mal seit langem, dass ihr Hirn und Magen in der Schule nicht wie zugequetscht vorkamen. Es musste an Jan liegen. An der Sache mit ihrem Vater hatte sich nichts geändert und ihre Mutter wich jedem Gespräch darüber aus. Aber alles schien ein wenig von ihr abgerückt. Ganz anders als in ihrer Phase mit Oli. Da hatte sie alle Probleme in Action ertränkt. Sie hatte einfach getan, als gäbe es sie nicht. Aber jetzt, jetzt konnte sie daran denken, ohne in absolute Verzweiflung zu verfallen. Und wenn sie nicht noch auf einen großen Knall mit Snuffy warten würde, schien ihr Leben beinahe aufgeräumt. Aber eben nur beinahe. Immer noch musste sie an das Mädchen in der Röhre denken. Und Snuffy, der seit Dienstag in der Versenkung verschwunden war, tauchte dafür jede Nacht in ihren Träumen auf. Morgen war die Führung. Ob er daran noch teilnehmen würde? Oder hatte er eine andere Lösung gefunden, um Rüdiger und Kermit hinzuhalten? Sie kaute am Ende des Bleistiftes, mit dem sie gerade die Aufgabenstellung notiert hatte. Obwohl er abgehauen war, kam es ihr vor, als hätte sie ihn im Stich gelassen. Falls er sich am Wochenende nicht meldete, würde sie am Montag bei Baumeisters anrufen. Erleichtert über diesen Entschluss setzt sie einen dicken Punkt aufs Papier und im gleichen Moment verkündete die Schulklingel das Ende der Stunde.

Jan und Marco kamen an ihren Tisch und warteten darauf, dass sie ihr Zeug zusammenpackte. Wie in alten Zeiten machten sie den Schulweg seit gestern wieder gemeinsam zu Fuß. Erst gingen sie mit Marco zur Arnulf Straße und dann schlenderten sie über die Berrenrather Richtung Heimat.

Als sie heute aus dem Schulgebäude traten, gab Indra einen Quieker von sich. Auf der gegenüberliegenden Seite stand Snuffy mit seinem Fahrrad und der Tasche auf dem Rücken. Wie immer in schwarzen Klamotten und mindestens so blass wie letzten Freitag. Er hob die Hand und näherte sich langsam der kleinen Gruppe.

„Kennt ihr den?", meinte Marco überrascht.

„Er gehört zu der Sache, von der ich dir erzählt habe", erklärte Jan und schlug Marco freundschaftlich auf die Schulter. „Ich fürchte, du musst heute noch mal alleine gehen."

Marco schnaubte unwillig. „Wenn es denn der Sache dient." Er drehte ab und machte sich davon, ohne sich noch mal umzuschauen. Jan guckte ihm mit schlechtem Gewissen hinterher. Aber dann wartete er gespannt auf Snuffy.

„Hey, Snuffy", rief Indra, als er auf ihrer Straßenseite angelangt war, und man merkte, dass sie froh war ihn zu sehen.

„Hey", antwortete er. Jan nickte nur.

„Wo hast du denn gesteckt?" Indra konnte ihre Aufregung nicht unterdrücken.

„Eine Nacht auf dem Pilzberg, die nächsten in Marienburg, war alles Käse. Draußen bin ich aufgewacht wie gerädert und zu Hause hatte ich einen Horror, dass Kermit und Rüdiger plötzlich in meinem Zimmer stehen." Er sah Indra an. „Bei euch pennt' s sich noch am besten."

„Das Gästebett steht noch", meinte Indra sofort.

„Was?" Das hätte Snuffy nicht erwartet. Nachdem er einfach abgehauen war, hätte er angenommen, dass man die Schlafstelle schnell wieder abbaut.

„Morgen ist doch die Führung und du hattest noch nicht abgesagt", erklärte Indra die Fürsorglichkeit, die natürlich vor allem auf ihrem und Svens Mist gewachsen war. Ihre Mutter hatte schon vorgehabt, das Bett runter in den Keller zu stellen.

„Dann brauch ich also gar nicht fragen, ob ich die Nacht bleiben kann?"

Indra hob verlegen die Arme. „Quatsch. Hast du denn noch was von deinem Bruder gehört? Oder von seinen beiden Ätzfreunden?" Sie sah Snuffy erwartungsvoll an.

Der senkte den Kopf und ging einfach los. Jan und Indra folgten ihm. Schließlich schien Snuffy einen Entschluss gefasst zu haben, aber er sah beim Sprechen stur geradeaus und man merkte, wie schwer es ihm fiel.

„Ich glaube, Zeck ist ziemlich krank. Nachdem ich Dienstag abgehauen bin, dachte ich, ich versuch es noch einmal bei ihm. Aber er kommt mir vor wie wahnsinnig, und Rüdiger und Kermit haben jetzt das Sagen."

Er schwieg wieder. Erst als sie auf die Luxemburger einbogen, hatte er sich soweit gefasst, dass er weitersprechen konnte. „Deshalb geh' ich auch morgen mit in den Kronleuchter-saal. Ich weiß nicht, wie sie das schaffen, aber die scheinen meist zu wissen, was ich mache. Jedenfalls passen sie mich oft genug ab." Snuffy seufzte. „Und sie sollen einfach denken, ich tue, was sie wollen."

„Und deine Eltern kommen Samstag?", vergewisserte sich Jan, der langsam fand, dass alles zu sehr auf die lange Bahn geschoben wurde. Wenn Zeck so malle im Hirn war, wie Snuffy es schilderte, hätte der längst Hilfe gebraucht.

„Ich hoffe. Nach dem Telegramm am Montag ist keine Nachricht mehr gekommen. Hat zumindest Frau Nickels gestern gesagt." In Erinnerung an das Zusammentreffen verzog er sein Gesicht. Er wollte doch bis Samstag bei seinen Freunden Bleiben, hatte sie ihn angekeift, und sie sei auf niemanden eingestellt.

„Und dann willst du auspacken?"

Snuffy zuckte die Achseln. „Was würdest du machen? Meine Eltern sollen endlich einmal entscheiden, was zu tun ist."

Den Rest des Weges marschierten sie ziemlich schweigsam. Als sie vom Gürtel in die Höllerather Straße einbogen, wanderten ihre Blicke über den mittäglich leeren Spielplatz. Nur ein paar Sonnenanbeter dösten auf der Wiese. Was denen wohl durch den Kopf geht, dachte Indra. Als sie Snuffy am Samstag hier getroffen hatte, war sie auch nicht darauf vorbereitet gewesen, dass ein harmloses Abenteuer sich in einen Rave mit Todesfolge verwandeln würde. Und Jan auf seiner Schaukel muss auch gedacht haben, sie wäre vom wilden Affen gebissen.

Ein gellender Pfiff riss sie aus ihren Gedanken. Von der Euskirchener Straße her winkte Sven. Gleich darauf klapperte er mit dem Rad quer über die Wiese, was ihm einige ungnädige Blicke einbrachte. Auch Indra fand das nicht gut.

„Warum nimmst du nicht den Weg?"

„Weil's so schneller geht.", antwortete Sven etwas außer Puste. „Da bist du ja wieder", wandte er sich gleich Snuffy zu und konnte dabei seine Aufregung nicht verbergen, „kommst du morgen doch mit?"

„Klar, hab ich was anderes gesagt?"

„Gesagt nicht, aber..." Sven sparte sich den Rest. „Komm auf meinen Gepäckträger", schlug er seiner Schwester übermütig zu, „dann sind wir schneller."

„Und Jan kann bei mir mitfahren", Snuffy tippte auf das leicht gebogene Verbindungsstück zwischen Lenker und Sattelstange.

„Na, das gibt was", Jan war nicht sehr angetan, „du noch mit der schweren Tasche auf dem Rücken."

„Ach komm, ist doch lustig." Indra hatte schon ein Bein über den Gepäckträger geschwungen, und Jan quetschte sich folgsam zwischen Snuffys Arme. Ziemlich wackelnd, abervergnügt überquerten sie den Zebrastreifen an der Neuenhöfer Allee und bogen in die Castellauner Straße ein.

„Jetzt darf aber keine Polizei kommen", rief Jan, der wieder das unangenehme Kribbeln im Nacken spürte.

„Du bist gut, als wenn wir keine andere Sorgen hätten", lachte Indra. Im gleichen Moment
blieb ihr das Lachen im Halse stecken. Als Sven einen ungelenken Schlenker in die Simmerer Straße machte, traute sie ihren Augen nicht. Da parkte ein Polizeiauto, ziemlich genau vor ihrem Haus. Snuffy bremste so scharf, dass er und Jan beinahe gestürzt wären.

„Was bedeutet das? Habt ihr doch gequatscht?"

Indra wusste nicht, ob Snuffys verzerrtes Gesicht Wut oder Angst bedeutete.

„Jetzt gebt' s schon zu, ihr habt mich verpfiffen und damit seid ihr sämtliche Probleme los!" schrie er.

„Wir haben nichts gesagt!" schrie sie zurück. Trotzdem wendete Snuffy sein Rad und er wäre bestimmt wieder abgehauen, wenn Jan ihn nicht am T-Shirt festgehalten hätte.

„Jetzt mach mal halblang, niemand hat was gesagt, okay?" Er redete mit Snuffy wie mit einem kranken Hasen. „Du kommst mit zu mir, und Indra guckt mit Sven, was da los ist."

Snuffy presste die Lippen zusammen. Aber dann entspannte er sich und trottete neben Jan her. Indra sah ihnen nach und wäre am liebsten mit zu Bergers gegangen.

„Was ist denn eigentlich los?", brachte Sven sich in Erinnerung.

Indra fuhr sich entnervt durch die kurzen Haare. „Sven, du musst jetzt einfach tun, was ich sage, okay?"

Sven rümpfte die Nase. Solche Anordnungen hasste er wie die Pest, denn das hieß meist, dass man ihn nicht in alles einweihte, weil er angeblich zu klein war. Aber als er Indras Gesicht sah, stimmte er mürrisch zu. „Also was?"

„Ich weiß nicht, was kommt, vielleicht hat es überhaupt nichts mit uns zu tun, aber erwähn kein Wort von Snuffy. Wir beantworten einfach die Fragen und mehr nicht."

„Welche Fragen?", wollte Sven wissen.

„Weiß ich doch nicht", brüllte Indra lauter als beabsichtigt.

„Also nächstes Mal sagt ihr mir, was Sache ist", zischte Sven, „ich bin kein Baby mehr, auch dass Papa ein Säufer ist, hab ich inzwischen kapiert."

Indra sah ihren kleinen Bruder überrascht an. Seine hellen Haare standen vom Fahrtwind in die Höhe und die blauen Augen funkelten erbost. Er hatte Recht, er war kein Baby mehr.

„In Ordnung", sagte sie, „nachher erzähl ich dir alles, aber jetzt lass gucken, was die wollen."

Entschlossen schritt sie auf die Haustür zu. Dass ihre Beine sich wie Pudding anfühlten, konnte Sven ja nicht sehen. Der hatte gerade sein Rad abgeschlossen, als die Haustür aufging. Ihr Vater grabschte Indras Arm und zerrte sie in den Korridor.

„Wo treibst du dich rum? Wegen dir haben wir die Polizei im Haus." Er stieß sie unsanft gegen das Treppengeländer.

Indra war wie betäubt, ihr Vater hatte sie bisher noch nie auf diese Weise angefasst.

„Papa!", rief Sven.

Als Herr Küsters seinen Sohn wahrnahm, ließ er Indra los. „Ja, schau sie dir nur an, dein sauberes Schwesterchen, zählt mir jedes Glas Bier ab, aber treibt sich nachts in Baugruben rum. Aber das ist dein Problem", wandte er sich wieder Indra zu, „glaub nicht, dass ich da irgendwas mit zu tun haben will. Die Einzige, die darunter leidet, ist deine Mutter." Ohne sich noch einmal umzudrehen verschwand er nach oben.

Mit einem leisen Knarren öffnete sich die Wohnzimmertür. Das blasse Gesicht ihrer Mutter erschien im Türrahmen. „Hab ich doch richtig gehört, kommst du bitte mal Indra."

Zu Svens Verblüffung zog sie Indra ins Zimmer und schloss die Tür einfach wieder. Ärgerlich rannte er die Treppe hoch und ließ seine Zimmertür ordentlich krachen.

Im Esszimmer stand ein Polizist in Uniform und schaute durchs Terrassenfenster hinaus in den Garten, am Tisch saß ein Mann in normalen Klamotten. Er stand auf und gab Indra die Hand.

„Du bist also Indra, deine Mutter hat uns freundlicherweise hier warten lassen, sie meinte du müsstest jeden Moment aus der Schule kommen."

Indra nickte. Sie zog ihre Hand schnell wieder zurück und brachte keinen Ton heraus.

„Kennst du einen Snuffy Baumeister?" mit dem freundlichsten Gesicht schoss der Mann den Pfeil ab.

Indra wurde schwindelig. Woher wusste dieser Mann Snuffys Namen?

„Aber entschuldige, wir haben uns noch gar nicht vorgestellt. Das ist Herr Denter von der Schutzpolizei. Er hat mich heute freundlicherweise hierher gefahren." Der Mann in Uniform nickte ihr kurz zu und schaute dann wieder aus dem Fenster. „Mein Name ist Mahns, Drogenfahndung."

Indra taumelte.

„Ist dir nicht gut?" Herr Mahns griff nach ihrem Arm und schob sie auf den Stuhl, den er gerade benutzt hatte.

Indra zog ihren Arm weg. „Ist nur der Kreislauf", murmelte sie.

Ihre Mutter sprang ihr bei. „Das stimmt, das hat sie öfters, Herr Kommissar, sie hat zu niedrigen Blutdruck. Warte, ich bringe dir was zu trinken." Sie eilte in die Küche.

Indra hatte das Gefühl, ihr Kopf würde gleich platzen. Was wollten die von ihr? „Freundlicherweise", das schien das Lieblingswort des Drogenfahnders zu sein. Das war bestimmt seine Masche. Mit Schrecken dachte sie an die Erniepille in ihrem Safe. Und an den Plastiksack, den Snuffy noch irgendwo versteckt haben musste. Dankbar griff sie nach dem Glas Sprudel, das ihre Mutter vor sie hinstellte.

„Wir wissen, dass du bei dem Rave in einem neuen Teil des Vorfluters Süd mitgemacht hast."

Indra schossen die Gedanken wie Kometen durch den Kopf. Wer war zur Polizei gegangen? Zeck, Rüdiger und Kermit bestimmt nicht. Die kannten sie doch auch gar nicht. Oder hatten die Namen und Adresse von ihr auch schon rausbekommen? Plötzlich fiel es ihr ein. Oli. Oli und Susa. Die mussten sie doch gesehen haben. Aber woher kannten sie Snuffy, mit dem sie gekommen war?

„Woher wissen Sie das?"

„Das kann ich dir nicht sagen, aber nachdem das mit dem Mädchen im Grüngürtel in die Zeitung gekommen war... du weißt doch, dass man ein totes Mädchen in der Nähe der Baustelle gefunden hat?" Herr Mahns schaute Indra bei dieser Frage genau in die Augen.

Sie hatte ein Gefühl, als ob ihr eine dicke Kröte im Hals steckte. Sie räusperte sich mehrere Male. „Ja", antwortete sie dann,

„mein Vater holt sonntags den Express."

„Und du hast das nicht in Zusammenhang mit der Party gebracht?"

„Nein...ich wollte es nicht." Fügte sie etwas wahrheitsgemäßer hinzu.

„Hm", Herr Mahns nahm den verlorenen Faden wieder auf, „also, nachdem das mit dem Mädchen in der Zeitung stand, hat sich eine Zeugin gemeldet. Es geht hier nicht um simplen Hausfriedensbruch. Soweit ich weiß, hat der Bauunternehmer von einer Anzeige abgesehen, denn es war weder auf dem Bauplatz noch in der Grube etwas beschädigt. Was uns interessiert ist, ob euch Drogen angeboten wurden."

Herr Mahns hatte auf dem Stuhl gegenüber von Indra Platz genommen und beugte sich über den Tisch. „Das Mädchen ist an zentraler Lähmung in Folge einer Überdosierung gestorben. Und", er betonte jedes einzelne Wort, „hätte man früher einen Notarzt gerufen, würde sie vermutlich noch leben."

Indra schloss entsetzt die Augen. Genau das hatte sie befürchtet. Alle die auf der Party waren, traf eine Mitschuld. Jeder war mit sich selbst beschäftigt gewesen, nur deshalb war es soweit gekommen. Wie ein Menetekel an der Wand sah sie plötzlich den Spruch von Heraklit: „Die Wachenden haben eine einzige und gemeinsame Welt, von den Schlafenden aber wendet sich ein jeder seiner eigenen zu." Er hatte als Motto auf irgendeiner Broschüre gestanden und sich in einer Ecke ihres Hirns festgesetzt - jetzt wusste sie plötzlich, was er bedeutete.

„Hattest du auch was eingenommen?"

Indra schüttelte den Kopf. „Nein, ganz bestimmt nicht, ich nehme nichts. Mir ekelt vor Tabletten."

Wieder bestätigte Frau Küsters die Aussage ihrer Tochter. „Sie nimmt nicht mal Kopfschmerztabletten oder Hustensaft, Herr Kommissar."

Indra sah ihre Mutter dankbar an, die nervös ihre Hände knetete. Sie tat ihr furchtbar leid.

„Aber du bist mit diesem Snuffy gekommen, ist das richtig?"

Indra nickte.

Frau Küsters riss entsetzt die Augen auf.

„Wo hast du ihn denn kennen gelernt?"

„Er hat mich vor der Schule angesprochen."

„Wann?"

„Freitagmittag, vor der Party."

Zum ersten Mal schien auch Herr Mahns überrascht. „Du kanntest ihn erst seit Freitagmittag? Und da bist du abends gleich mit ihm auf eine Party gegangen?"

Indra nickte wieder. Herr Mahns legte eine Hand vor die Stirn, als müsste er diesen Umstand erst Mal verdauen.

Hörte sich ja auch idiotisch an, dachte Indra, aber das würde wohl kein Erwachsener kapieren, wie es dazu gekommen war. Deshalb schwieg sie einfach. Herr Mahns schien etwas aus dem Konzept gebracht.

„Du hast nichts eingenommen, gut, aber hat man dir was angeboten?", fragte er nach einer Weile.

Wieder wirbelten die Gedanken in Indras Kopf. Das hatte doch sicher die geheime Zeugin schon erzählt. Es war wohl besser etwas zuzugeben, was sie eh schon wussten, dann würden sie vielleicht nicht weiterbohren.

„Man musste zwanzig Mark bezahlen", antwortete sie, „und dafür bekam man eine gelbe Pille, aber ich habe meine nicht genommen." Das war keine Lüge, keine Lüge, und ehe sie mehr verriet, musste sie erst mit Snuffy und Jan sprechen

„Und dann?"

„Dann hat mich irgendwann ein ekelhafter Typ auf den Mund geküsst und ich bin gegangen", brach es aus Indra heraus.

„Sie muss früh zurück gewesen sein", mischte sich Frau Küsters wieder ein, „sie war am nächsten Morgen schon vor dem Frühstück joggen."

„Und Snuffy?"

Indra stockte. „Ich glaube, der ist auch früh weg", antwortete sie.

Herr Mahns sah sie forschend an. „Du hast also nicht mitbekommen, wie das Mädchen zwischen die Bäume gelegt wurde?"

Indra schüttelte in ehrlichem Entsetzen den Kopf.

„Also gut, das wärs fürs Erste. Kann aber sein, dass wir später noch mal ein paar Fragen haben."

Indra nickte erleichtert. Hauptsache sie konnte erst noch mal mit Snuffy und Jan reden.

„Tja, Frau Küsters, vielen Dank für Ihre Hilfsbereitschaft. Wir verabschieden uns dann."

Er winkte seinem Begleiter, der Indra und ihrer Mutter kurz zunickte. Frau Küsters brachte die Polizeibeamten zur Tür, und Indra legte erschöpft den Kopf auf die Tischplatte. Wie weit weg auf einmal die Schule und Herrn Plaths Flipperspiel waren.

***

Snuffy saß in sich zusammengesunken auf Jans Bett. Wenn doch nur erst morgen wär. Am meisten setzten ihm seine Zweifel zu. Ob das Warten und Stillhalten richtig gewesen war? Aber inzwischen war es sowieso egal. Auf diesen Tag kam es jetzt auch nicht mehr an. Hauptsache, er gäbe Kermit und Rüdiger keinen Grund ihn noch mal zu attackieren, bevor die Eltern zurück waren. Manchmal kam es ihm vor, als litte er an Verfolgungswahn. Ihn würde nicht überraschen, wenn sie überall Wanzen angebracht hätten, nur um ihn beim kleinsten Ausrutscher abzufangen.

„Sie sind weg." Jan hatte am Fenster gestanden und die Abfahrt des Polizeiautos beobachtet. Er setzte sich vor Snuffy auf den Boden. „Jetzt entspann dich. Wovor hast du eigentlich so eine Höllenangst?"

Die Frage ließ Snuffy sich durch den Kopf gehen. „Die

größte Angst habe ich vor Kermit und Rüdiger", sagte er schließlich.

„Das sind die Typen, die dich bedroht haben?"

„Genau."

„Und was haben die mit dir zu tun?"

Snuffy hob die Schultern. „Sind die engsten Freunde meines Bruders. Obwohl", er runzelte die Stirn, „ich weiß gar nicht, wann die sich an ihn gehängt haben. Als Zeck zu Hause gewohnt hat, habe ich sie nie gesehen. Aber jetzt scheint es nur noch die zu geben. Und dabei sind das so Kotzbrocken, ich glaube Abklatschen gehört zu deren Lebensinhalt." Snuffy schaute nachdenklich vor sich hin. „Passen eigentlich gar nicht zu Zeck...zumindest nicht zu dem von früher."

Im gleichen Moment fiel ihm die Szene in Zecks Appartement ein und er hatte alle Mühe nicht hysterisch aufzuschreien.

„Und zur Polizei zu gehen ist keine Lösung?" Jan hätte alles drum gegeben, wenn irgendeine ordnende Hand in den Klumpatsch gegriffen hätte.

Snuffy sah ihn verzweifelt an. „Was soll ich denen denn sagen? Man hat mich verprügelt? Mein Bruder steckt unter der Knute von zwei Idioten? Dafür werden die doch nicht eingesperrt. Und eins sag ich dir", Snuffy hatte seine Augen so geweitet, dass Jan genau die braunen Sprenkel auf der grünen Iris erkennen konnte, " wenn die spitz kriegen, dass ich sie angeschwärzt habe, bringen die mich um."

Jan seufzte. In der Richtung war wohl nichts zu machen. Also Warten.

Gott sei Dank bimmelte in dem Moment die Türklingel. Jan lief auf den Flur. „Ich mach' schon auf", rief er seiner Oma zu, die gerade ihre Zimmertür öffnete. Vor der Haustür standen Indra und Sven. Die Umstände hätte er sich gerne anders ausgemalt, aber dass Indra mal wieder zu ihm nach Hause kam, ließ die Schmetterlinge in Jans Bauch aufgeregt flattern. „Kommt", meinte er nur und zusammen liefen sie hinauf in sein Zimmer.

„Und?" fragte Snuffy, kaum dass sie das Zimmer betreten hatten.

Indra wusste nicht, wie sie ihm die Nachrichten schonend beibringen sollte. „Also, sie wussten von dem Rave, und nachdem das mit dem Mädchen in der Zeitung gestanden hatte, hat sich jemand gemeldet und wohl einige Namen genannt. Meinen zum Beispiel und deinen auch."

„Oh, nein", schrie Snuffy auf. „Daher auch die Polizei vor unserer Haustür." Er rieb sich das Gesicht. „Gott sei Dank hat die Nickels gesagt, Zeck und ich sind mit in Amerika."

Indra legte den Zeigefinger an ihre Nasenspitze. „Das wird denen aber komisch vorkommen, wo ich bestätigt hab, dass wir zusammen da waren."

„Was?" Snuffy sah aus, als würde er ersticken.

„Das hatte die Zeugin schon erzählt. Und wie stände ich dann als Lügnerin da? Die würden mir doch kein Wort mehr abnehmen."

Snuffy ließ sich rückwärts aufs Bett fallen. „Und jetzt?"

Niemand antwortete. Sven und Indra hatten sich zu Jan auf den Boden gesetzt. Svens Augen glitten über die CDs und Platten in Jans Schrank, dessen Schiebetüren etwas auseinander standen. „Ist der etwa voll?"

Jan nickte abwesend. „Mein Hobby."

Dankbar für die Ablenkung musterte auch Indra die Sammlung. Und ihr fiel mal wieder auf wie strichmännchenartig sie Jan gesehen hatte. Irgendwie hatte sie sich nie vorgestellt, dass er ein Hobby haben könnte, und wenn dann hätte sie bei ihm vermutlich eher an Wandern oder Briefmarken als eine CD- und Platten-Sammlung gedacht. Sie stand auf und ging zum Schrank. „Darf ich?"

Als Jan nickte schob sie die Türen weiter auf. Erstaunt hielt sie inne. „Das ist ja Techno."

Jan sah sie ebenso erstaunt an. „Warum nicht?"

Indra guckte ihn an. Wie er dasaß in T-Shirt und Jeans, die

blonden Haare hingen ihm glatt ins Gesicht. Nicht jeder hatte seine Leidenschaften direkt auf die Stirn geschrieben, dachte sie.

„Wie kommst du denn an ‚Marusha'?"

„Hat mir meine Cousine vererbt, als ich zum ersten Mal Platten aufgelegt hab. Willst du sie hören?"

Indra nickte. Jan stand auf und zog die CD aus dem Regal. „Ich hab' sogar noch 'ne Vinyl-Kraftwerk von meinem Vater."

Er legt die CD ein.

„So hat es bei Zeck auch angefangen", kam es plötzlich vom Bett. „Und ihr seht, wo es endet."

Bedrückt stellten die anderen drei fest, dass Snuffy weinte.

„Wie es endet, das hat man selbst in der Hand", meinte Jan schließlich.

„Und morgen gehst du mit in den Kronleuchtersaal", meldete sich Sven, „und dann kommen deine Eltern." Einerseits hatten Snuffys Probleme ihn ziemlich umgehauen, aber andererseits fand er cool, dass Indra ihm tatsächlich alles erzählt hatte.

„Er weiß Bescheid", sagte Indra, „ist doch okay, oder?" Snuffy antwortete nicht, es war ihm egal.

Sie ging hinüber zu ihm und kniete sich vors Bett. „Denk einfach, morgen hast du's überstanden."

Snuff nickte. Aber er würde sich nicht wundern, wenn der Flieger mit seinen Eltern nie ankäme.

18

Snuffy kämpfte sich durch eine dunkle Röhre. Er konnte kaum etwas sehen. Nur ein schwaches Glitzern auf den Wänden. Sie waren feucht und glitschig, das hatte er festgestellt, als er sie aus Versehen berührt hatte. Und der Boden war schlickig, es gab jedes Mal ein schmatzendes Geräusch, wenn er einen Fuß hob. Plötzlich meinte er Stimmen zu hören. Er blieb stehen und lauschte. Ja, da war es ganz deutlich. Weit vor ihm. Indras Stimme, die ängstlich etwas rief. „Er muss hier sein."

Aber dann entfernte sich die Stimme wieder und er konnte nichts mehr verstehen. Stattdessen vernahm er hinter sich das Geräusch anderer Füße im Schlick. Das Schlurfen kam näher und näher.

„Gleich haben wir ihn", flüsterte es, bis es sich verstärkte und er zu seinem Entsetzen Kermits Stimme erkannte. Er lief los. Aber je schneller er laufen wollte, um so tiefer versanken seine Füße im Schlick

„Indra!" schrie er, als ihn von hinten eine Hand packte und auf den Boden stieß. Jemand drückte sein Gesicht in den Sumpf.

„Ich kriege keine Luft mehr", hämmerte es unter seiner Hirnschale, „keine Luft...", als ihn jemand hochriss. Er rang nach Atem.

Als er sich beruhigt hatte, entdeckte er zu seiner Überraschung Jan, der vor ihm kniete.

„Mann", sagte er, „du hast vielleicht geschnaubt. Ich dachte, du kratzt hier neben mir ab."

Snuffy schüttelte den Kopf. „Ich hab was geträumt, was Grässliches." Er sah Jan an. „Ich glaub, ich leb nicht mehr lange."

Jan stand auf und setzte sich auf sein Bett. „Mensch, spinn nicht rum. Dein Bruder hat dich ja schon angesteckt mit seinen

Paras. Wenn ich mir das Kissen über den Kopf lege, träum ich auch schlecht."

Er kroch wieder unter das dünne Laken, das er als Decke benutzt hatte. „Penn jetzt noch was, mitten in der Nacht können wir sowieso nichts regeln."

Jan drückte kurzerhand den Knopf der Bettlampe und das Zimmer lag wieder im Dunkeln. Snuffy rutschte auf der Matratze herum, die Jan ihm neben seinem Bett zurecht gemacht hatte. Nachdem die Polizei bei Küsters aufgetaucht war, hatten es alle besser gefunden, dass er diese Nacht bei Jan verbrachte.

Endlich hatte er das Gefühl, die richtige Schlafstellung gefunden zu haben, und starrte auf die überdimensionale Armbanduhr an Jans Wand. Snuffy fand die bunten Konturen und das leuchtende Zifferblatt beruhigend. Vier Uhr. Genau in zwölf Stunden, würden sie an der Führung im Kronleuchtersaal teilnehmen. Und danach würden Indra, Sven und Jan mit ihm nach Marienburg fahren und auf seine Eltern warten. Falls es spät werden sollte, würden sie einfach bei ihm übernachten. Für Frau Küsters musste sich Indra natürlich was einfallen lassen, für die war Snuffy Baumeister aus Marienburg jetzt ein rotes Tuch. Der dicke Klumpen, der sich mit dem Traum auf seinen Magen gelegt hatte, war etwas leichter geworden. Er drehte sich auf die andere Seite. Jan hatte Recht, die Erlebnisse mit Zeck und den beiden Arschgeigen hatten ihm das Hirn weich gemacht. Morgen würde er weiter sehen, morgen...

$$* * *$$

Indra wachte ruckartig auf. Sie tastete nach ihrer Armbanduhr und machte die Bettlampe an. Vier Uhr. Wovon war sie bloß aufgewacht? An einen Traum konnte sie sich nicht erinnern. Oder doch, sie war in einer dunklen Röhre gewesen, das kam bestimmt von der ständigen Beschäftigung mit den Kanälen. Und von den Gedanken an das Mädchen, die sich einfach nicht wegdrängen ließen. Aber das Mädchen hatte in dem Traum keine direkte Rolle gespielt. Sie grübelte. Snuffy, genau der war's, den hatte sie gesucht, aber nicht gefunden. Sie war eine Treppe nach oben gegangen, aber im Licht hatten nur Jan und Sven auf sie gewartet.

Sie richtete ihren Blick auf ihren blauen Drachen. „Und du? Wo warst du?" fragte sie vorwurfsvoll. „Dummer Kerl, auf dich ist kein Verlass." Ärgerlich ließ sie sich in ihr Kissen zurückfallen. Irgendwie war „Blauer Junge" ihr was schuldig seit dem letzten Traum. Sich groß als Retter aufspielen und dann nicht mehr auftauchen, das gab' s doch nicht. Sie streckte den Arm aus und löschte das Licht. Es wurde echt Zeit, dass Snuffys Eltern kamen. Lange würde er den Stress nicht mehr durchstehen und wenn sie ehrlich war, sie auch nicht. „Und den haben wir hier übernachten lassen", ihre Mutter war außer sich gewesen, dass sie den Jungen, der ihre Tochter zu so einer Party geschleppt hatte, auch noch in ihr Haus gelassen hatte. Ihr Vater hatte sie keines Blickes gewürdigt, als er nach dem Abzug der Polizei runtergekommen war. Wenn er wüsste, wie recht ihr das war. Ihn, der mit keinem Wort seine eigenen Probleme erwähnte, über die Ravenacht lästern zu hören, das hätte sie wahnsinnig gemacht. Hoffentlich konnte man mit Snuffys Eltern besser reden. Sie schloss die Augen. Morgen würde sich alles auflösen, so oder so.

19

„Wann kommt die Bahn denn endlich?" Ungeduldig lief Sven auf und ab. Er wollte nicht zu spät zum Theodor-Heuss-Ring kommen. Für ihn war es immerhin eine Schulveranstaltung. Dass Jan auch mitkam, nervte ihn ein wenig, aber angesichts der besonderen Umstände konnte er es verstehen. Er konnte nicht genau sagen warum, aber insgeheim wünschte er heute, Indra hätte ihm doch nichts erzählt. Er würde alles mit anderen Augen sehen. Die ganze Führung. Dass Snuffy und Indra mitkamen, einfach alles. Jetzt war es plötzlich nicht einfach ein Ausflug, auf den er sich schon lange gefreut hatte. Aber schließlich war er es gewesen, der für voll genommen werden wollte. Shit. Mit dreizehn reichte einem schon das verkorkste Familienleben, da musste nicht auch noch so ein Oberchaot daherkommen. Etwas missbilligend musterte er Snuffy, von dem er gedacht hatte, er würde nichts anderes sein als ein Freund von Indra, und damit auch ihm was bringen.

„Was starrst du mich so an?", fragte Snuffy, der Svens Blick bemerkt hatte.

„Ach, nichts", meinte er verlegen und schämte sich etwas für seine abfälligen Gedanken. Dass Indra und Jan Snuffy helfen wollten, war eigentlich korrekt.

„Da kommt die 9!", rief Indra. Mit etwas Verspätung kam die Bahn vom Gürtel und fuhr ihre Schleife am Hermeskeilerplatz. Erleichtert stiegen sie ein. Der Vormittag war ätzend langsam vergangen und irgendwie schien jeder zu hoffen, dass der Samstagabend das Ende aller Probleme bedeuten würde.

Sie hatten sich schon nach dem Frühstück bei Jan getroffen und die ganze Zeit über Techno gelabert. Über gelungene Veranstaltungen und ihre Lieblings DJs. „Ich hab gedacht du ständst auf Reggae", hatte Jan zu Indra bemerkt. Die hatte mit den Achseln gezuckt. „Da bin ich nicht so festgelegt. Hauptsache, die Musik geht in mich rein, ich will sie fühlen nicht hören. Ich mag total Sven Väth", hatte sie noch hinzu gefügt. „Schon ein Oldie", hatte Jan gemeint, „aber die Alten sind die Besten." „ Was war denn das für ein DJ auf eurer Party?", hatte er sich dann Snuffy zugewandt. „Ich konnte von oben fast nur die Bässe dröhnen hören. Aber einmal hab ich Kraftwerk identifiziert, ‚Oldschool Style' hab ich da gedacht', cool!

Snuffy hatte ihn mit offenem Mund angesehen. „Weiß nicht", hatte er nur gestottert und war froh gewesen, dass Frau Berger sie zu einem Teller Suppe im Garten eingeladen hatte. So musste er nicht zugeben, dass er überhaupt keine Ahnung von der Musik hatte. Er war zu Zecks Partys gegangen und hatte abgetanzt. Ihm wurde bewusst, wie eng sein Horizont durch die Abhängigkeit von seinem Bruder gewesen war, und langsam dämmerte ihm, dass auch Kermits und Rüdigers Gehabe wenig mit der Leidenschaft für Techno zu tun hatten, die wollten nur ihre Pillen unter die Leute bringen und Kohle abzocken.

„ Zülpicher Platz", bemerkte Indra, „wir müssen umsteigen."

Soviel sie geredet hatten um Morgen und Mittag herumzubringen, so schweigsam waren sie jetzt während der Bahnfahrt.

Indra dachte an ihren Traum von letzter Nacht, und plötzlich gefiel es ihr gar nicht mehr in die unterirdischen Gefilde zu steigen. „Blauer Junge" würde bestimmt nicht am Kölner Himmel erscheinen, nur um Snuffy aus irgendeiner Klemme zu helfen. Sie kaute an ihrem malträtierten Mittelfinger. Sie hasste Nägelkauen, und so beschränkte sie das Laster auf den einen Finger der linken Hand, was diesem natürlich entsprechend schlecht bekam. Sie warf einen Blick auf Jan, der neben ihr saß und aus dem Fenster starrte, selbst wenn nur Tunnelwände zu besichtigen waren. Es beruhigte sie, dass er mitgekommen war, auch wenn er oben warten wollte. Das hatte er Sven versprochen, der sich wegen der Anmeldung Gedanken machte. Ihr Bruder war manchmal komisch. Jetzt wusste er, in welchen Schwierigkeiten Snuffy steckte und trotzdem war ihm nichts wichtiger, als der korrekte Ablauf seiner Veranstaltung.

„Was soll denn Herr Auerbach von mir denken?", hatte er noch gefragt. Gerade kramte er in seinem Rucksack und zog ein DIN-A4- Blatt raus, in das er sich vertiefte. Snuffy starrte ebenfalls auf das Blatt. Aber er schien hindurchzusehen.

„Snuffy?", sprach Indra ihn an.

Er schrak auf. „Was?"

„Ach nichts, ich wollte nur gucken, ob du überhaupt da bist."

Er sah sie aus seinen dunkelumränderten Augen an. „Und wie ich da bin", meinte er, „ich bin viel zu sehr da, ich wünschte, ich wär auf dem Mond oder wer weiß wo."

Jan richtete seinen Blick in den Waggon. „Komm, du hast drei Monate mit Zeck und Konsorten überlebt, jetzt wirst du es bis heute Abend auch noch schaffen."

Snuffy sah Jan an. Er wünschte sich, er könnte genauso zuversichtlich sein. Aber hinter Jan waren Kermit und Rüdiger auch noch nie hinterher gewesen ...und Jan hatte den Traum von letzte Nacht nicht gefühlt. Er hatte nicht gefühlt, wie man einfach keine Luft mehr bekommt.

„Ebertplatz", rief Sven und stopfte schnell sein Papier zurück in den Rucksack. Er sprang auf und hangelte sich zum Ausstieg durch. Die anderen drei folgten ihm etwas langsamer.

„An der Station hier haben wir uns früher oft verlaufen", meinte Jan. „Hier ist doch auch das Metropolis mit den Kinderfilmen, oder?"

Indra nickte.

„Genau", fuhr Jan fort, „und wir sind immer an einem Springbrunnen rausgekommen, statt in der Bahnstation, wenn wir zurückwollten."

Indra sah ihn von der Seite an. „Vielleicht sollte man einfach die kleinen Hinweisschildchen lesen, die überall angebracht

176

sind.“

Jan gab ihr einen freundschaftlichen Stubs. „Das weiß ich jetzt auch, aber meine Eltern schienen mit diesem Tunnelsystem irgendwie überfordert“, er schaute Indra treuherzig an, „und ich war eben noch zu tlein“, alberte er, „tuck da teht Theodor-Heuss-Ring, jetzt tann ich das.“

Indra lachte, und sie folgten dem Schildchen. Sven war schon längst vorgelaufen und Snuffy trottete neben ihnen her. Neidisch blickte er auf die Enten, die sich vergnügt auf dem kleinen Weiher tummelten. Das Sonnenlicht ließ die Wasserspitzen glitzern und er wünschte sich, er könnte alles noch so sehen, wie als ganz kleiner Junge. Da war jede Wasserpfütze Grund zum Jubel gewesen. Er war hingerast, hatte Steine hineingeworfen oder nach Brotkrümeln für das Wasserviehzeug gesucht. Manchmal hatte er auch nur mit den Händen drin rumgepaddelt, zum Entsetzen seiner Mutter. Seine Mutter...irgendwann war sie ihm abhanden gekommen und schien jetzt auf einem anderen Planeten zu kreisen.

„Da ist es ja schon“, rief Indra und wies nach vorn, wo Sven sich zu einer Gruppe Schüler gesellte. Zwischen ihnen leuchteten die hellorangenen Töne einer Sicherheitsweste. Sie dachten zuerst, dort stände ein Arbeiter in voller Montur, bis sie feststellten, dass es sich um eine Puppe handelte, die neben einem Schaukasten aufgestellt war.

Sven stand neben einem Mann, den man erst aus nächster Nähe als Erwachsenen und nicht als Schüler einordnen konnte.

„Das ist Indra und ihr Freund Snuffy, die die Führung mitmachen wollten. Und das ist Jan, aber der bleibt oben, weil er ja nicht angemeldet ist.“

Herr Auerbach lachte sie freundlich an. „Ihr interessiert euch also so für die Kölner Unterwelt, dass ihr an diesem schönen Tag mit hinuntersteigen wollt?“

Indra und Snuffy nickten verlegen. Wenn Herr Auerbach wüsste. Zu ihrer Erleichterung wurde er in diesem Moment von einem Herrn mit graumeliertem Haar angesprochen.

„Die 15 Uhr 30-Führung wird gleich beendet sein, könnten Sie ihre Schüler kurz zusammenrufen?"

„Kommt mal alle her", rief Herr Auerbach sofort, und sein Trupp sammelte sich an den Schaukästen.

„Wie viele sind es genau?" fragte der Herr, der sich als Herr Claasen vorstellte, und sie offensichtlich gleich in das unterirdische Gewölbe führen würde.

„Es sind fünfzehn aus meiner Klasse, dann noch die Schwester eines Schülers und ihr Freund. Man hatte mir gesagt, dass an einer Führung 25 Personen teilnehmen dürfen."

Herr Auerbach zeigte auf Snuffy und Indra, dann auf Jan. „Was machen wir mit ihm? Er ist unangemeldet hier. Muss er jetzt oben bleiben?"

„Wie alt bist du denn?", fragte Herr Claasen.

„Sechzehn."

„Dann kannst du mit runter. Ab sechzehn kann man auch ohne Begleitung Erwachsener teilnehmen."

Jan strahlte. Denn seit er den Treppenschacht gesehen hatte, war es ihm wie eine Strafe vorgekommen, nicht mit nach unten zu dürfen. Aus dem Schacht kletterten gerade alle möglichen Leute. Eine alte Dame mit Hut mühte sich die Treppen herauf, während ein Junge in Skaterhose an ihr vorbeisprang. Ein Ehepaar mit zwei Kindern begab sich direkt noch mal zu den Schaukästen, andere entfernten sich in kleinen Gruppen und unterhielten sich angeregt. Muß also ziemlich interessant gewesen sein, dachte Jan. Als letzte kletterten zwei Männer aus dem Loch. Einer davon trug einen blauen Arbeitsanzug. Der andere schüttelte Herrn Claasen die Hand. Sah aus wie ein Schichtwechsel. Der andere Mann trug einen blauen Arbeitsanzug. Es sah so aus, als ob er die Gruppe mit nach unten begleiten würde.

„Also", wurden sie schließlich angewiesen, „bevor wir jetzt runtergehen: nicht rauchen und auch möglichst nichts anfassen! Natürlich wird das Gewölbe vor den Besichtigungsrunden gründlich ausgespritzt, aber jedes Keimchen wird damit nicht entfernt sein. Falls jemand aus Versehen etwas berührt, bitte danach nicht die Finger in den Mund stecken."

Belustigtes Murmeln erhob sich, und alle waren froh, dass es endlich hinunter ging. Gespannt trat Indra in das Gewölbe und war sofort beeindruckt. Allein die Höhe, bestimmt über vier Meter, und das Klinkermauerwerk, dann die ankommenden und abgehenden gemauerten Kanäle, und der Kronleuchter hing tatsächlich auch an der Decke! Seine Funktion war Indra allerdings überhaupt nicht klar. Was sollte der hier unten?

„Wieso hängt denn da ein Kronleuchter?" fragte in demselben Moment ein Klassenkamerad von Sven.

„Dieser Kanal ist vor hundert Jahren in Betrieb genommen worden", erklärte ihr Begleiter, „man kann sich vorstellen, was der Bau einer solchen Anlage damals bedeutete, als es noch keine Baumaschinen wie heute gab. Und natürlich wurde sie mit einem großen Festakt eingeweiht, wovon auch die Schrifttafel zeugt, die dort drüben hängt. Und weil bei diesem Festakt hohe Persönlichkeiten zugegen waren, wurde das Gewölbe mit Kronleuchtern ausgestattet. Daher auch der Name."

Alle beguckten interessiert den Kronleuchter und die Tafel, die links neben dem abgehenden Kanal am Mauerwerk angebracht war. Vor allem die Jahreszahl „1890" sprang ins Auge.

Snuffy lauschte mit einem Ohr den Ausführungen des engagierten Herrn, der eine regelrechte Leidenschaft für dieses Gemäuer zu hegen schien. Begriffe wie Ringsammler, Dücker und Regenauslasskanal fielen, und Snuffy fand, dass Sven ihm vieles schon ziemlich gut erklärt hatte. Er interessierte sich vor allem für den Regenauslasskanal, und er spitzte die Ohren, als er hörte, dass er gleich neben der Bastei in den Rhein führte.

„Und da ist kein Gitter oder so was vor?", fragte er spontan.

„Nein, er führt genau wie du ihn hier siehst in den Rhein", antwortete Herr Claasen. „Von draußen müsste man die Öffnung jetzt sehen, weil der Rhein so niedrig steht. Wir können ja mal ein

Stück runtergehen, wenn Interesse besteht."

Alle hatten Interesse, und der Mann im blauen Arbeitsanzug nahm das Band fort, das einen unbefugten Zutritt vermeiden sollte. Herr Auerbach und Herr Claasen gingen voran, der Arbeiter wartete, bis alle an ihm vorbei waren, und folgte dann der Truppe.

Genau an der Stelle, bis zu der der Kanal ausgeleuchtet war, blieb die Gruppe stehen. Im Boden und an den Wänden waren Rillen zu erkennen.

„Das hier sind die Schieber", erklärte Herr Claasen. „Das Kölner Kanalsystem verfügt inzwischen über 640 Hochwasserschieber und 172 Betriebsschieber. Die steuerbaren Hochwasserschieber sorgen mit der erforderlichen Mess- und Regeltechnik und Hochwasserpumpwerken dafür, dass auch bei Rheinhochwasserständen bis zu 10,70 m ein uneingeschränkter Betrieb des Kanalnetzes..."

Die Aneinanderreihung der betriebstechnischen Daten ließ Snuffys Gedanken abschweifen. Dieser Kanal führte also sofort zum Rhein und von außen konnte man das Loch sehen. Da konnte man doch eine gute Geschichte für Kermit und Rüdiger konstruieren. Mit einem Boot ranrudern oder so, selbst wenn das alles ziemlich spinnert anmutete, konnten sie nicht sagen, er hätte sich keine Gedanken gemacht.

„Und wann werden die Schieber geschlossen?", hörte er Jan fragen. Der war wirklich voll bei der Sache. Hochwasser, er wünschte, er könnte sich auch auf so was konzentrieren.

Also sonst sind die Schieber immer auf, dachte er. Er nutzte direkt die nächste Redepause, um die Frage an den Mann zu bringen.

„Sonst sind sie offen", bestätigte ihm Herr Claasen, „außer natürlich man nimmt gerade eine Überprüfung der Betriebs-sicherheit vor."

Snuffy war zufrieden. Er wusste, was er wissen wollte. Wenn Kermit und Rüdiger ihn noch vor der Ankunft seiner Eltern anhauen würden, er hatte jetzt was auf Lager.

Auch die anderen schienen genug gehört zu haben, und langsam bewegte sich die Gruppe wieder zurück zum Aufgang. Die Ersten standen schon wieder auf der Plattform vor der Schrifttafel, als Indra und Snuffy am Fuß der schmalen Treppe anlangten.

In diesem Moment ging ein Ruck durch Snuffy. Gleich am Eingang standen Kermit und Rüdiger und als Rüdiger sah, dass Snuffy zu ihm herüberschaute, hob er die rechte Hand und drehte den Daumen demonstrativ nach unten. Snuffy kam es vor, als wenn von den Füßen her Eis durch seine Adern schoss. Er erstarrte bis zu den Haarwurzeln, und er sah wieder den durchgedrehten Zeck vor sich und Rüdigers unmissverständliche Geste. Nein, er wollte nicht schon wieder gewürgt oder geklatscht werden, eigentlich wollte er überhaupt nichts mehr. Wie in Zeitlupe drehte er sich um, sah Indra noch einmal verzweifelt an und rannte los.

„Wo willst du hin, komm zurück!", hörte er jemanden brüllen, aber nichts und niemand würde ihn zurückbringen. Er übersprang die Führschienen der Schieber und rannte ins Dunkle hinein.

Der Regenauslasskanal machte einen kleinen Bogen, das hatte er vorhin aufgeschnappt, und tatsächlich, als er schon Angst hatte, jeden Moment vor eine Wand zu rennen, öffnete sich der Tunnel mitten ins Licht hinein. Ohne Zögern nutzte er den Fluchtweg, und gerade als er sich abstieß, hörte er Indra seinen Namen schreien. Mit einem Klatschen durchstieß er die Wasseroberfläche und tauchte hinab in eine undurchdringliche Welt. Wie ein braungrüner Mantel umgab ihn der riesige Fluß und er hörte nur das Geräusch, das Zeck ihm mal als „Atmen des Wassers" erklärt hatte. Dann kam der Moment, in dem er aufhörte zu sinken, und er strampelte mit den Beinen, damit er schneller an die Oberfläche zurückkam. Als er endlich auftauchte, schnappte er begierig nach Luft. Die Strömung riss ihn mit sich, und er merkte schnell, dass er keine Chance hatte, zum Ufer zu gelangen. Er schwamm mit dem Fluss, und selbst da hatte er Mühe den Kopf über Wasser zu halten. Er trieb schon auf die Zoobrücke zu, als er merkte, wie schwer ihm seine Glieder wurden. Immer wieder tauchte er unter, und die Luft wurde immer knapper. Als er nicht mehr konnte, hörte er einfach auf sich zu bewegen, und merkwürdigerweise sah er in diesem Moment einen weißen Sandstrand vor sich, und mit den Füßen im Wasser standen Zeck und seine Eltern. Sie winkten aufgeregt, er solle unbedingt ans Ufer schwimmen. Das mussten sie doch merken, dass er das nicht schaffen konnte, er winkte noch einmal zurück und dann verschwamm das Bild.

***

Natürlich wird einem im Krankenhaus geholfen. Aber dafür liegt immer ein Grund vor. Indra starrte auf das Schild, das in den Gang hineinragte: INTENSIV. Menschen in weißen Kitteln rannten geschäftig hin und her. So als wüssten sie, was zu tun war. Indra sah Jan an, dann drückte sie zaghaft auf die Klingel neben der Glastür. Kurz darauf näherte sich jemand. Eine Krankenschwester öffnete die Tür.

„Ja, bitte?"

„Wir möchten zu Snuffy."

„Snuffy?" Die Schwester runzelte die Stirn. „Einen Patienten mit diesem Namen haben wir hier nicht."

Indra wollte sich umdrehen. In ihrem Kopf wirbelte es. Die Auskunft der Feuerwehr lautete doch so. St. Marien-Hospital. Intensivstation.

Jan hinderte sie daran, einfach wegzulaufen. Er hielt sie am Arm fest. „Der Junge, der im Rhein abgesoffen ist", erklärte er der Schwester.

Man sah förmlich, wie ihr ein Licht aufging. Die blauen Augen schienen plötzlich eine Spur heller. „Ach, ihr meint den Nils."

Indra und Jan sahen sich an. Dass Snuffy so einen stinknormalen Namen hatte.

„Seid ihr mit ihm verwandt?"

Indra schüttelte den Kopf. „Er ist unser Freund."

Die Schwester sah sie zweifelnd an. „Da weiß ich nicht, ob ich euch zu ihm lassen kann. Er ist auch gar nicht ansprechbar."

„Bitte!" Indra schien nichts schrecklicher, als gehen zu müssen, ohne Snuffy gesehen zu haben. Plötzlich sah sie ihn wieder rennen. Einfach in Panik wegrennen. In den ziegelroten Gang hinein. Vorbei an den Schiebern ins Dunkel. Nur weil Rüdiger und Kermit aufgetaucht waren. Er hatte sie noch einmal angeschaut, die grünbraunen Augen schwarz vor Entsetzen. Dann hatte er sich umgedreht und war in den Regenauslasskanal hineingerannt. In den Kanal, der einem in den Wintermonaten die Scheiße vor die Füße spült, wenn man auf der Stufe im Kronleuchtersaal steht. Aber jetzt war er trocken. Sie hörte Snuffys Schritte hallen und Herrn Claasen brüllen:

„Wo willst du hin, komm zurück!"

Und dann war sie losgerannt. An den Schiebern blieb sie stehen, das Herz klopfte ihr bis zum Hals, der Gang vor ihr war schwarz vor Dunkelheit. Da erfasste sie ein Lichtkegel. Der Arbeiter, der die Gasmessungen vorgenommen hatte, holte sie ein. „Halt!", befahl er. Er riss ihr fast das T-Shirt vom Leib. Aber sie ließ sich nicht aufhalten. Sie lief weiter und der Mann hinter ihr her. Sie rannte, bis Tageslicht den tanzenden Lichtkegel des Hand-scheinwerfers schluckte. In dem hellen Rund, das plötzlich vor ihr auftauchte, erkannte sie den Schattenriss eines Menschen.

Snuuuuuufffy!"

Aber da war der Umriss schon verschwunden. Sie lief die letzten Meter bis zu der Öffnung. Das Sonnenlicht blendete sie, und sie wischte sich über die Augen, bis sie Snuffy endlich entdeckte. Ein Stück stromabwärts hielt er nur mühsam den Kopf über Wasser. Die Wellen schlugen immer wieder über ihm zusammen.

„Indra!"

Indra riss die Augen auf. Sie hatte völlig vergessen, wo sie war. Jan hielt ihren Arm. „Alles in Ordnung?", fragte er. Auch die Krankenschwester guckte sie besorgt an.

Indra nickte. „Ich will zu ihm", sagte sie.

Die Schwester seufzte. „Wir haben seine Eltern benachrichtigt. Sie müssen jeden Moment eintreffen. Wenn sie ihre Erlaubnis geben, dürft ihr vielleicht zu ihm. Am besten setzt ihr euch dorthin."

Sie wies auf ein paar Stühle, die in einer Fensternische standen. Indra und Jan sahen sich überrascht an.

„Okay, danke", sagte Jan schließlich und führte Indra zu der Stuhlreihe. Die drehte sich plötzlich um. „Wie können Sie seine Adresse wissen? Hat er schon was gesagt?"

Die Schwester schüttelte den Kopf. „Er hatte einen Ausweis dabei." Dann schloss sie die Tür sorgfältig.

„Seine Eltern sind schon da." Jan ließ sich erleichtert auf einen Stuhl fallen.

Indra sah ihn aus ihren großen Augen ängstlich an. „Aber wie es ihm wohl geht?", fragte sie besorgt.

Das wusste Jan natürlich auch nicht. Er war ja froh, dass Indra gesund neben ihm saß. Dass Snuffy einfach in den Kanal gerannt war, hatte er erst gar nicht geschnallt, aber nach Herrn Claasens Aufschrei sah er zu seinem Entsetzen Indra auf die Schieber zulaufen. Er wollte hinterher, aber Herr Auerbach hatte ihn regelrecht im Klammergriff gehalten.

Sprachlos hatten alle Indra und den Arbeiter im Tunnel verschwinden sehen. Die Zeit, die folgte, schien endlos. Aber als der Leiter der Besichtigungstour sich ebenfalls zum Regen-auslasskanal bewegte, tauchten Indra und der Mann im Overall plötzlich wieder auf. Er zog Indra am Hemd hinter sich her.

„Der Junge ist ins Wasser gesprungen. Ich hab die Feuerwehr alarmiert." Dann hatte er das Handy, das er noch in der linken Hand hielt, zurück in den Gürtel gesteckt.

Indra war wie in Trance die Treppen hinaufgestiegen. „Er ist ertrunken", murmelte sie ständig vor sich hin, „er ist ertrunken." Plötzlich hatte sie zum Eingang geschaut. „Wo sind sie? Sie sind schuld!"

Alle anderen benahmen sich wie Statisten in einem Horrorfilm. Sie tappten schweigend herum, bis Herr Claasen endlich alle nach oben gescheucht hatte. Dort hatte Herr Auerbach die anderen erst mal nach Hause geschickt. Indra und Jan sollten noch bleiben, und natürlich Sven.

Er zitterte am ganzen Körper. „Dass Snuffy solche Angst hatte", schluchzte er, „ich wusste doch nicht, dass er solche Angst hatte."

Jan hätte sich am liebsten weggebeamt, weg in irgendeinen anderen Film. Aber dann hatte er sich zusammengeklaubt und Indra und Sven zur Wiese geführt, wo sie sich einfach hinsetzten.

Kurz darauf hörten sie einen Hubschrauber, der dicht über ihre Köpfe hinweg zum Rhein hinunter knatterte.

In der Zwischenzeit hatte Herr Claasen wie ein Wilder herumtelefoniert. „Sie haben ihn", hatte er zum guten Schluss gebrüllt, „er konnte von einem Löschboot aufgenommen werden. Immerhin lebt er noch."

Er und Herr Auerbach waren sich vor Erleichterung in die Arme gefallen, obwohl sie Snuffy ja nicht mal kannten, und da waren auch Jan die Tränen gekommen...

„Was ist das denn hier, erwartet man uns nicht?" Das Gezeter einer Frau brachte Jan zurück ins Krankenhaus. Er lugte um die Ecke. Eine perfekt gestylte Dame mit blondem Haar und der dazu passende dunkelhaarige Herr standen unter dem Schild INTENSIV und betätigten ungeduldig die Klingel.

Indra war aufgestanden. Sie konnte den Blick nicht von den Wildlederslippern des braungebrannten Mannes wenden. Es war, als wenn der Geruch des Leders bis an ihre Nase dringen würde. Langsam bewegte sie sich auf das Paar zu. Die beiden sahen sie erstaunt an.

„Sind sie Snuffys Eltern?", fragte sie zaghaft.

Die Frau hatte sich nach einem missbilligenden Blick auf Indras Haar schon wieder der Klingel zugewandt, der Mann antwortete immerhin. „Ja, das sind wir, und wer sind Sie?"

Indra schreckte etwas vor der förmlichen Anrede zurück. „Eine Freundin von Snuffy. Wir würden ihn gerne sehen, aber wir brauchen Ihre Erlaubnis."

„Das kommt überhaupt nicht in Frage. Sieh dir dieses abgerissene Geschöpf doch mal an. Bestimmt war sie es, die unseren Jungen in schlechte Gesellschaft gebracht hat."

Diese Bemerkung verschlug Indra die Sprache. Hilflos sah sie sich nach Jan um, der hinter ihr stand. Im gleichen Moment wurde die Glastür aufgerissen.

„Muss denn dieses Dauerklingeln sein? Wenn niemand kommt, heißt das, dass gerade alle beschäftigt sind." Ein Mann in weißem Kittel und mit Stethoskop um den Hals stand in der Tür.

„Herr Doktor, bitte, man hat uns gerade benachrichtigt, dass unser Sohn hier eingeliefert wurde." Frau Baumeister schlug einen jämmerlichen Ton an. „Und das, wo wir erst heute Nachmittag unseren Ältesten aus einer Klinik holen mussten. Und dabei sind wir erst heute Mittag von einem Auslandsaufenthalt zurück-gekehrt."

Die geschilderte Anhäufung von Unglück verfehlte nicht ihre Wirkung auf den Arzt. „Nun beruhigen Sie sich. Wie ist denn Ihr Name und der Ihres Sohnes?"

„Baumeister", antwortete Herr Baumeister, „ und unser Sohn heißt Sn...äh Nils."

„Bitte ziehen sie einen Kittel über und dann folgen Sie mir. Ihrem Sohn geht es den Umständen entsprechend gut."

Die Tür fiel zu. Indra und Jan sahen sich an.

„Hast du gehört, was Snuffys Mutter zu mir gesagt hat?"
Indra hatte Mühe die Fassung zu bewahren.

Jan nickte. Er legte den Arm um Indras Schultern und
küsste sie leicht auf die Wange. „Sind doch Traumeltern, die
Snuffy da hat, was? Komm, hat bestimmt keinen Zweck hier länger zu warten. Snuffy geht es den Umständen entsprechend gut,
du hast es gehört."

Arm in Arm wanderten sie durch die Gänge des Kranken-
hauses. Als sie aus dem Portal traten, sahen sie gerade noch die
Kuppe der Sonnenkugel, die den Kölner Himmel ganz rot gefärbt
hatte.

„Das würde „Blauer Junge" gefallen. Er würde denken er
hätte das mit seinem Feueratem geschafft", meinte Indra.

„So dumm ist er?", fragte Jan.

„ Nein, so dumm auch wieder nicht", sagte Indra und zog
Jans Arm fester um sich.

***

„Snuffy?"

Snuffy öffnete mühsam die Augen. Irgendetwas störte
fürchterlich in seiner Nase und im Hals. Dann sah er zu seiner
Überraschung seine Eltern, aber nicht am Strand, sondern in einem Raum voller tickernder Geräte. Und sie sahen komisch aus.
Grün, wie Marsmännchen. Seine Mutter beugte sich über ihn.

„Er hat die Augen auf", teilte sie ihrem Mann mit. Der
nickte. „Warum hast du das getan? War dieses Mädchen mit den
schrecklichen Haaren Schuld?"

Snuffy verstand seine Mutter nicht. Wer war was Schuld?

Ein fremder Mann in Weiß trat vors Bett. „Er kann nicht
sprechen, wir müssen erst die Schläuche entfernen. Das geht aber
nicht vor morgen."

„Dann ist doch besser, wir kommen morgen wieder, oder Hase?" Frau Baumeister sah ihren Mann an. „Wir müssen auch schauen, was mit Zeck ist. Frau Nickels kann ja nicht ewig bleiben. Wir muten ihr sowieso zuviel zu."

Sein Vater nickte wieder. Er räusperte sich. „Wir kommen morgen noch mal, Junge."

Seine Mutter hauchte Snuffy einen Kuss aufs Haar. „Es kommt schon alles in Ordnung." Sie wandte sich zur Tür. „Komm", sagte sie zu ihrem Mann, der noch am Fußende von Snuffys Bett stehen geblieben war. Nach kurzem Zögern folgte er ihr. Der Arzt begleitete sie.

Snuffy schloss die Augen. Das Mädchen mit den schrecklichen Haaren. Indras Bild tauchte vor ihm auf. Sie sollte etwas Schuld sein? Er bekam nicht mehr alles zusammen, aber wenn jemand an nichts Schuld war, dann Indra. Seine Mutter erzählte mal wieder Quatsch. Er würde alles aufklären, alles, aber erst müsste er noch mal schlafen.

20

Indra betrachtete ihre Mutter. Sie saß auf dem Sofa im Wohnzimmer, wie so häufig nachmittags um drei Uhr. Innerlich zählte Indra die Ausnahmen ab. Letztens, als Snuffy bei ihnen übernachtet hatte, und als ihr Vater in die Glastür gefallen war und nachdem die Polizei aufgetaucht war. Im Grunde immer, wenn der Alltagstrott unterbrochen wurde. Warum machte sie selbst nichts, um die immer gleiche Abfolge des Tages zu unterbrechen? Sie musste doch merken, dass es ihr dann besser ging. Jetzt saß sie da, mit einem Buch auf den Knien und schaute ins Leere. Immer sichtbarer wurden die Fältchen auf ihrer hellen, durchsichtigen Haut. Vor allem an Mund und Augen machten sie sich bemerkbar. Ihre Mutter wurde älter, stellte Indra überrascht fest. Das Schlimme war, sie wurde älter, ohne zu leben.

„Warum wartest du eigentlich immer auf Papa?"

Ihre Mutter schrak zusammen. "Was?"

„Warum du immer auf Papa wartest?", wiederholte Indra geduldig.

Ihre Mutter zuckte mit den Achseln. „Ich freu mich eben, wenn er kommt. Tagsüber hat jeder seinen Kram gemacht, und wenn man sich nachmittags sieht, tauscht man sich aus."

Indra war sprachlos über soviel Selbstbetrug. Man tauscht sich aus! Das war ja zum Lachen.

„Mama, was redest du da? Papa kommt und geht als Erstes zum Kühlschrank. Wieso willst du nicht einsehen, dass er trinkt?"

Frau Küsters sah ihre Tochter ärgerlich an. „Was ist in letzter Zeit los mit dir?", fragte sie. „Du mischst dich in Dinge ein, die dich nichts angehen, und außerdem machst du noch Ärger. Sogar die Polizei hatten wir im Haus."

„Aber an dem Tag hast du wenigsten nicht nur rumgesessen und auf einen Mann gewartet, der dann lieber einen trinkt, als sich mit dir zu unterhalten. Da hattest du ja von den Polizisten mehr Input."

Frau Küsters legte ihr Buch auf den Tisch. „Indra, ich möchte, dass du sofort mit diesem Gerede aufhörst. Du hast einfach nicht das Recht dazu."

Indra wollte etwas entgegnen, aber dann hielt sie den Mund. Es hatte ja doch keinen Zweck. Aber dass ihre Eltern nicht sahen, welch ein beknacktes Leben sie ihr und Sven vorlebten, verstand sie nicht. Sie war froh, dass sie jetzt Jan hatte. Der machte aus allem das Beste, ohne zu meinen, dass die Welt ein heiler Pfannekuchen wäre. Und seine Eltern waren der Beweis, dass es auch noch vernünftige Leute gab. Die waren zusammen, weil sie sich gern hatten, das merkte man ganz genau. Und einen anderen Grund fürs Zusammensein würde es für sie, Indra, auch niemals geben, nie, nie, nie. Kein Haus, keine Kinder und vor allem keine Gewohnheit. Ihr wurde schon schlecht bei dem Gedanken. Sie wollte sich gerade verdünnisieren, als das Telefon klingelte. Da sie näher am Apparat war als ihre Mutter, nahm sie ab.

„Indra Küsters."

„Hallo, Indra!", klang es am anderen Ende.

„Snuffy!", Indra hätte sich vor Überraschung beinahe hingesetzt.

„Tut mir Leid, dass ich nicht eher angerufen hab, aber es gab einiges zu regeln."

„Du, du bist wieder ganz gesund?" stotterte Indra.

„Und wie", kam es selbstbewusst zurück.

„Wir waren im Krankenhaus, aber deine Eltern haben uns nicht zu dir gelassen, vor allem nicht deine Mutter. Und auf die Karte, die wir dir nach Hause geschickt haben, kam keine Antwort." Mit dem Telefon am Ohr verließ Indra den Essraum und lief nach oben in ihr Zimmer.

„Was? Eine Karte habt ihr auch geschrieben? Hab ich nie

bekommen." Snuffys Stimme klang ärgerlich. „Aber mit dem Krankenhaus, das hat mein Vater mir erzählt. Denen hab ich aber schnell klar gemacht, dass du überhaupt kein schlechter Umgang für mich warst. Im Gegenteil: Eher könntest du das ja behaupten."

„Und was haben sie gesagt?", fragte Indra gespannt,

„Sie haben es schnell unter den Teppich gekehrt", meinte Snuffy gleichmütig, „ist von denen nicht anders zu erwarten. Was die nicht sehen wollen, das sehen sie eben nicht."

„Ah", machte Indra enttäuscht, „und was ist mit deinem Bruder? Und Kermit und Rüdiger?"

Es kam keine Antwort. „Snuffy, bist du noch da?"

„Klar", Snuffy räusperte sich. „Zeck geht es beschissen. Als unsere Eltern zurückgekommen sind, hatte man ihn in Merheim eingewiesen. Die Polizei hatte ihn vor seiner Haustür abgefangen. Aber dann haben die gemerkt, wie durchgeknallt er war."

Indra war erstaunt. „Und woher wussten die, wo er wohnt?"

„Von Susa."

„Susa?" Stimmt, die hatte Indra ja auch in Verdacht gehabt, als die Polizei bei ihr gewesen war.

„Susa ist Arzthelferin bei unserem Hausarzt. Sie hat Zeck mal schöne Augen gemacht, dadurch kam sie auch zu jeder Party."

„Und Kermit und Rüdiger?"

„Die haben natürlich gedacht, ich hätte ausgepackt, darum auch ihre Aktion im Kronleuchtersaal."

Indra bekam eine Gänsehaut, als sie daran zurückdachte. Sie kuschelte sich auf ihr Bett und hielt ihren Drachen im Auge, der ihr zuzuzwinkern schien. „Du warst wirklich verrückt", sagte sie schließlich.

„Verrückt? Ja, vielleicht, aber ich wollte weg, einfach weg. Dass ich dabei absaufen könnte, daran hab ich nicht gedacht. Ich kann ja schwimmen."

Indra musste lachen. „Idiot."

Snuffy überhörte ihre Bemerkung. „Übrigens ich wollte

dich einladen.“

Indra kam das Ganze vor wie ein Remake. „Was?“

„Nicht, was du denkst, diesmal bezahle ich. Seit die Nickels weg ist, hab ich mein normales Taschengeld.“

„Die Nickels ist weg?“ das verblüffte Indra doch sehr, bei den Stücken, die Frau Baumeister auf ihre Haushälterin gehalten hatte.

„Alle wollen wieder nach Amerika, Zeck auch, er soll da eine besondere Therapie bekommen. Aber ich will hier bleiben. Und ich hab gesagt, die Schule schaff ich jetzt, aber nur wenn bei uns jemand anders das Haus macht. Und stell dir vor, dann kommt heraus, dass die Nickels Kermit und Rüdiger jede Information über mich gegeben hat, die sie wollten. Waren ja Zecks Freunde. Na, jedenfalls flog sie sowieso.“

Indra war geplättet.

„Aber zu der Einladung“, fuhr Snuffy fort. „In der Köln Arena legt Sven Väth auf.“

Indra wurde knallrot. „Dddas ist aber teuer“, stotterte sie, „und ich geh schon mit Jan hin. Seine Eltern haben den halben Eintrittspreis dazugetan.“

Am anderen Ende herrschte längeres Schweigen. „Dann gegen wir eben zusammen“, kam es schließlich, „oder meinst du, Jan hat was dagegen?“

„Bestimmt nicht.“ Indra atmete auf. „Marco geht auch mit.“

„Das ist Samstag“, fuhr Snuffy fort, „sehen wir uns vorher noch?“

„Hol uns doch morgen von der Schule ab. Halb zwei. Oder geht das bei dir nicht?“

„Wenn ihr wartet, ich hab selbst sechs Stunden.“

„Klar.“

„Bis morgen also.“

Indra drückte die Austaste des Telefons. Dankbar lächelte sie „Blauer Junge“ an. „Du warst wohl doch unterwegs, was?“ Sie sprang auf und drückte ihrem Drachen einen dicken Kuss auf die Nase, dann lief sie in den Flur, um das Telefon zurückzubringen.

Gerade als sie vor dem Wohnzimmer stand, klingelte es an der Haustür. Das konnte nur Jan sein, sie riss die Tür auf und prallte zurück. Herr Mahns grinste sie an. Am liebsten hätte sie dem Beamten die Tür vor der Nase zugeschlagen. Was wollte der ausgerechnet jetzt, wo alles überstanden war? Als hätte er ihre Gedanken gelesen, setzte er schon mal einen Fuß in den Flur.

„Hallo! Genau dich wollte ich kurz sprechen."

Indra presste die Lippen zusammen und ließ ihn eintreten. Sie ging mit ihm ins Wohnzimmer, wo ihre Mutter auf dem Sofa erstarrte. Herr Mahns nahm den Schrecken offensichtlich wahr.

„Guten Tag, Frau Küsters, bitte entschuldigen Sie mein Eindringen. Ich wollte mir von Ihrer Tochter nur etwas bestätigen lassen."

Indra entspannte sich, sie brachte das Telefon zur Station und kehrte gesammelter zu den Erwachsenen zurück. Frau Küsters war inzwischen aufgestanden und sah Herrn Mahns an.

„Ich hätte dich auch vorladen können, aber da ich gerade in der Gegend war, dachte ich, das kürzt die Sache etwas ab." Er zog ein Ledermäppchen aus der Jackentasche und nahm zwei Fotos heraus. „Nach Aussage von Nils Baumeister haben diese Männer ihn tätlich angegriffen und euch bei der Party im Vorfluter die Pillen angeboten. Kannst du das bezeugen?"

Indra starrte auf die Gesichter von Kermit und Rüdiger. Sie nickte.

„Sie haben Snuffy einmal vor die 18 geschmissen und ihm", sie tippte auf Kermit, „habe ich den Unkostenbeitrag gegeben, für den Snuffy zwei Pillen bekommen hat."

„Gut, das war's schon." Herr Mahns steckte die Fotos weg.

Indra staunte, das sollte es schon gewesen sein? „Was ist denn mit denen?", fragte sie neugierig.

„Die haben schon einiges wegen Körperverletzung auf dem

Kerbholz, ziemlich unberechenbar die beiden. Dazu kam neu- erdings ein verstärkter Einsatz im Drogengeschäft. Sie dachten wohl, damit die schnelle Mark machen zu können. Na ja, jetzt können wir sie erst mal aus dem Verkehr ziehen." Herr Mahns hob die Hand. „Ich verabschiede mich dann, Frau Küsters."

An der Tür sah er Indra noch einmal in die Augen, mittenrein, genau wie letztens bei der Vernehmung. Es war, als wollte er noch etwas sagen, aber dann nickte er nur und ging. Im gleichen Moment ertönte ein Pfiff von gegenüber.

Jan überquerte in langen Schritten die Straße. „Was wollte der denn?", fragte er und schaute Herrn Mahns nach, der gerade in ein dunkelblaues Auto stieg. Indra antwortete nicht gleich, sie zog Jan ins Haus und schloss die Tür.

Danksagung

Keinesfalls möchte ich versäumen, allen zu danken, die voller Hilfsbereitschaft und Freundlichkeit die nicht endend wollenden Fragen beantwortet haben, die während der Arbeit an diesem Buch aufgetaucht sind.

Mein Dank gilt dem Amt für Stadtentwässerung, besonders Herrn Timmerbrink und Herrn Kortmann, die mir zu theoretischen und praktischen Einsichten in das Kölner Kanalsystem verholfen haben. Ebenso besonders Herrn Bröcker und Herrn Gill, durch die ich das Großklärwerk Stammheim und den „Vorfluter Süd" mit ganz anderen Augen sehen lernte.

Auf anderem Gebiet, aber in gleichem Maß, unterstützten mich Herr Klaus-Signon von der Abteilung Drogenprävention der Polizei Köln und die Mitarbeiter der Drogenhilfe e.V.

Last but not least bedanke ich mich herzlich bei meinem Sohn Mirko und seiner Frau Nicole als Technofans, meiner Tochter Sara als kritischer Erstleserin des Manuskripts und meiner Tochter Ronja für die grafische Gestaltung der Neuauflage.

MIX

Papier | Fördert
gute Waldnutzung

FSC® C083411

Zeitfracht Medien GmbH
Ferdinand-Jühlke-Straße 7
99095 Erfurt, Deutschland
produktsicherheit@kolibri360.de